夢幻《ゆめまぼろし》

曾野綾子

河出書房新社

夢《ゆめ》幻《まぼろし》†目次

夢
（ゆめ）
幻
（まぼろし）

鬼瓦

私は生まれつき、ひどく妬み深い性質だった。妬み深いばかりではない、疑い深く、怨み深く、愛情とか善意とかはあまり信じない癖に、憎しみだけは永遠のものだ、という甚《はなは》だひねくれた考えが、私の胸中に実に深々と根を張っていた。

こんな性格の者は、暖かい家庭的な雰囲気よりも却って事務的な環境の方を愛するものだ。学校は公立なら一番いいし、私立ならどこか営利本位の学校で、生徒に対する愛情などはこれっぽっちもなく、只御機嫌をとって単位を安売りしてくれ、その代り月謝を沢山まきあげることしか考えないようなところが望みだった。私は又、月謝や生活費・小遣いなどを、手をかえ品をかえして親から出来るだけ多く詐取する才能だけはあるつもりだった。自分が働く気などは少しもなかったのだ。

だから、私は大学をP県のSという町にある、キリスト教の女子大学に進んだ。理由は幾つもある。まずP県は私の郷里から大分遠かったことだ。私は大きな蔵と暗い納戸の匂いがどことなく家中にしみわたっている田舎の古い邸《やしき》の中の家庭というものが、息がつまりそうにいやでいやでたまらなかったので、何とか合法的にここから脱出する方法はないものかと前々から考えていたのだった。第二はその大学が、おっとりした娘さん達が集まるので試験もやさしいし、キリシタンゆかりのS町の、南国的な風土の中で清潔な設備をもっているということだった。私は日本式でも洋式でも生活様式は何でもかまわなかったが、不潔ということは何よりも我慢出来にくかった。私はホテルを選ぶようなつもりで、この大学に入り、たんまり月謝を出し、そして西洋史を専攻しながら自分の好き勝手な生活を送るつもりだった。

ところが、いざ入学してみると、私の選択は重大なところで、私の希望条件とくい違っているということを発見した。

私はまず、朝は勝手に寝ていることは出来ず、ミサというものに出て行かねばならない。そこで私は、私の生活のエネルギーの元とも言うべき、恨み、妬み、の類《たぐい》を心の中から捨て去って、愛を信じなければならないというお説教をきくのである。

私は狼狽し、当惑し、不機嫌にはなったがまだ折角入った大学を出てゆく、という決心は持っていなかったので、学校当局の心証を害さない為に、他の学生よりも熱心に、身じろぎもせずにお説教をきいた。

更に大学は、私が期待したのとは違って、恐ろしく親切だった。寮母さんはほぼ、私の眼にも理想的な婦人だった。決して不機嫌な顔もしなければ、ヒステリーも起さない。その代り私達寮生は、いつ如何《いか》なる時にも、自分の部屋からこの愛の天使の御入来をさまたげることは出来なかった。寝室に鍵をかけることは決して許されなかったのである。

これは、誰も介入する恐れのないひとりだけの時間を、まるで空気のように必要とする私にとっては、ひどい打撃だった。

けれど、どこと言って表向きに批難すべきところはない。只私は何となく心を不満と不安で一ぱいにしながらも、上べは全く愛想よくほがらかに暮した。

そんな中にあって、その英語の講師が「鬼瓦」という綽名《あだな》で呼ばれていることを、私は半年もの間、全く知らないで過したのだ。私はこの名前の持つ特異な強烈さにうたれて、改めて彼女を惚れぼれと見直した。そう言えば彼女は、黄褐色の皮膚の色といい、五尺五寸近くある、女としてはややたくましい上背や広い肩巾といい、まさにこの綽名の持ち味にうってつけの風格を備えてはいた。

けれどその綽名を知らないからと言っても私は決して彼女に無関心だった訳ではない。それどころか実はもうとっくに、つまり彼女がその講義を始めた第一日目に、入口のドアから疾風のような早さで入って来ると、殆《ほとん》ど歩きながら、始業の祈りを、それもひどい早口の英語で唱え始めた時から、何とも言えない不愉快な感情が、まるで醗酵しかけたジャムのように胸の中にふつふつと湧き上ってきたのだ。

彼女の授業の雰囲気は、まるで孤児院のように冷たく、イギリスの古い規則ずくめの寄宿学校のように神経質に苛々していた。例えば授業中に笑いというものがあったとしても、それは明らかに彼女に対するお追従笑いだった。彼女が或る出来ない学生の間違いのあげ足をとる度に、他の学生はどっと笑うのである。それ以外に笑いの材料はなかった。そしてこの笑いは異常に大きく興奮していた。彼女を嫌いな学生、例えば私のような人間が、その際もっともはっきりと派手派手しく彼女の方を向いて、全く同感の意を示しながら笑うのである。

　彼女の方からみても、学力程度は一番低いし、出席している学生が皆揃いも揃って外国語の必要最低限の単位さえとればいいつもりの意欲のないクラスを受け持たされることは、随分と忍耐を要するものだったろう、とは察せられた。そして、鑵詰めのレッテルの横文字ぐらいは読めるようにたたきこんでやろうとするこのお情け深い先生と、どうしても不得意な外国語の単位をもらわなければ卒業出来ないという絶対の弱みに立った私達学生は、全く商人とお客の間の関係にも似た生ま生ましい競争を展開していたのだった。それは彼女が熱心なクリスチャンで、融通がきかなくて、どんなに頼みこんでも、試験と普段点が悪ければ及第点を寄こさないという風評がひろまるにつれて、一そう熾烈《しれつ》になった。

　彼女の綽名が「鬼瓦」であること、彼女がアメリカの二世であること、日本語よりアメリカ語の方が上手らしいこと、を私に教えてくれたのは、私と同郷、それもつい隣村から来ている佐久間さんだった。

故里《くに》を離れて来たのだし、小学校は同じ屋根の下で暮したのだから、二人はもう少し親しくてもいい筈《はず》であった。だが二人姉妹の妹娘で、物堅い旧家のしきたりに甘んじて、何の煩悶もないらしい佐久間さんとは、胸中不平不満の塊のような私はどうしても合わなかった。佐久間さんはお仕舞と茶道や花道を習っていて、それも随分うまいという評判である。彼女は男の子とつき合うことを今でも罪悪視していて、縁談があって、いつ如何なる時にどこから調べられても、何一つ欠点のないような備えの固い生活をしているのだった。

それに反して、私には好きなような気がしている数人の男の子の友達がいた。事実、私の田舎などでは、私のように勝手気儘《きまま》な振舞いをするのには、非常なエネルギーがいった。佐久間さんのように、自分に与えられた鋳型からはみ出ようなどという気を起さない方が、どれだけ楽かわからない。

鬼瓦の教え方というのは、中世紀に流行したいわゆるトリヴィウムなるものそのままであった。従って、その内容は無論、論理学《ロジック》・文法《グラマー》&修辞学《レトリック》に三分される。英作文の時間というのは、このうちの文法と修辞学を組み合わせたもので、そこで私達は中世紀そのままの美辞麗句を型通りに教わるのである。隠喩《メタフオアー》や直喩《スイミリー》でも、最も典型的な、最も通俗的な表現が鑑賞用に説明される。それから私達は練習として、私達の日常生活に――借金を頼む手紙には勿論、恋文にも納豆十円也という家計簿にも遺書にも――決して使うことのあり得ない背筋の寒くなるような美文ばかりを選んで、英作文をつづらねばならない。

「流れゆく水」という題が来週までの宿題として決まるとする。私は字引きを前に置いて考えこむが、こんなものについての単純写生文を書かされたのは、小学校の作文の時間だけだから要領をまるで忘れてしまっているのだ。それに直喩・代喩・隠喩・擬人法などを出来るだけたっぷり使わなければならない。

……誰が流れゆく水の生いたちを知っていよう。羊歯《しだ》の葉の緑から、そして山どりの嘴《くちばし》から、はたまた山中の菫《すみれ》の花びらから、したたり落ちた清らかな露としてその生涯は始まる……

ここまで字引きをひきひき書いてきて、さて読み直してみると、私は本当に背の裏側に電撃的に悪寒を覚え、ううぅと思わず奇妙な声を発した。更に椅子から立ち上り、私は部屋の中をぐるぐる男のように歩きまわって、数分の間、こんな文章を書くことのはずかしさと照れくささを我が身自身に対して必死にごまかさねばならない。

やがて私はそんな時、鏡に向かって、今さき作った自分の文章を、その文章の持ち味にぴったりするような宮廷風の身ぶりをつけながら、女優きどりで読んでみると、そのはずかしさが、非常に短時間のうちにケロリとなおることを発見するようになった。

よく考えてみると、これはなかなか応用価値のひろい発見である。そしてそれやこれや私の必死の努力の結果、私は彼女向きの英作文を作ることに熟達するようになった。

けれど私の例の羞恥心は雲散霧消した訳ではない。「我が家庭」という題が出されたことがあった。客がいようが何しようが、ステテコ一枚でゆうゆうと盆栽に水をやる父と、庭の一隅にあるお稲荷さんに必ず油あげを供えにゆく母の様子の目に見える家は、どう考えてみても外国の宮廷風の言葉づかいではつづり切れるものではない。私は当惑の果てに「家庭を愛するということははずべきことである」というセンテンスに始まる甚だ逆説的な一文をしたためずにはいられなかった。

宿題が戻って来てみると、それは落第点であった。そして《あなたは何を書こうとしているのかさっぱりわかりません》という意味の英語の批評が、鬼瓦らしい大きな字でのびのびと書き入れられてあった。

彼女にはわかりっこないんだ、と思いながら、でもやっぱり少ししょんぼりして、私はきくともなく彼女が読みあげている他の学生の模範文にきき入るのであった。

それらの作文の殆どは、女子大生らしい理想の家庭であり、私にとっては童話の世界であった。父母兄姉集った夕食後の団らん、家族コーラス、就寝前のお祈り、親子同士の贈り物のやりとり、などなど、私は笑いたいような、その中にも落第点をとったことのミゼラブルな気持をしゅんと胸に感じながら襟元のボタンをうつむいてぼんやりいじっていると、鬼瓦の金属的な声が、いきなり私の名前を呼んだのだった。

「ボタンがどうかしたんですか?」

「いいえ」

「時間中はちゃんとこちらを向いていて下さい。それじゃ、今の文章の間違いを言ってごらんなさい」

今の文章? 勿論、私はきいていなかった。今の作文は、誰のどういう家庭の話なのかそれもわからない。

「申し訳ありません。ついきいておりませんでした」

「ボタンなんかいじくっているからですよ。これから絶対にそういう不注意はしないこと、じゃその斜め後ろの方」

真赤になりながらもほっとした私は、それまで私の方を見ていた佐久間さんが、あてられると同時に、私と同じようにみるみる赤くなったのを見返していた。彼女もきいていなかったのだろうか、なかなか席を立たない。

「どうしたんです。あなたもきいていないんですか」

「きいていました」

と彼女は細い声で言った。

「それならわかる筈です。こんな簡単なことぐらいわからなかったら、大学生としての単位はあげられません」

又単位はやらないという脅迫か、と私は思った。佐久間さんはふるえるように、二、三度椅子の上で不自然な体のゆらし方をした。

「お立ちなさい！　先《ま》ず」

彼女は、佐久間さんに顔をみにくく歪めて命令すると、男のように握りこぶしで机を一つどんと叩いて、

「嘘をつかないこと。あなたは今きいていませんでした。前の人の方をぽかんとみていたでしょ」

学生はわあと陰にこもった無責任な笑い声をたてた。笑うより他ない。私も片頬で鬼瓦に向かって例のお追従笑いをした。佐久間さんを裏切ることは、その時少しも辛くなかったのだ。


しかしありがたいことに、佐久間さんは私のその時の笑いに全然気がつかなかったらしかった。私は佐久間さんに背を向ける位置に坐っていたし、私は声をたてずに笑ったからだろうか。却って佐久間さんは同じ被害者として、鬼瓦の悪口を言える只一人の友人と、私を思いこんだようだった。

事実は確かにそうであった。が、最初私が興味を覚えたのは、お躾《しつけ》がよくて、インモーラル、アモーラルなことは何一つとしてする気のなさそうな、お嬢さん中のお嬢さんである佐久間さんが、鬼瓦の悪口を言うことにだけは、アラレもなく実感をこめている、というその事実である。

「いやだわ、私。鬼瓦って大嫌い。ヒステリーね、あれ。年とって結婚しないでいるとあんなになるなら、私、オールドミスになりたくないわ」

女子大生は皆その売れのこる可能性の中にいる訳だから、お人形のようにふっくらとしていて、苦労も何もなさそうな顔でさもにくさげにこう言われると、私は驚嘆し、佐久間さんにもこうした隠れた一面があるかと思うと、私の気分は却って少しずつ変な方向に動いて来るようだった。私はどちらかと言うと、佐久間さんに対して、どんなに叱られても、私は鬼瓦が大好きなのだという風をみせて、彼女を苛立たせるという遊びの興味を覚え始めてしまったのだ。

「彼女ね、あれで案外教室から出ると親切なんですって、物わかりがよくて」

「あなたが気にしすぎるからよ。叱られたら平あやまりにあやまって、後は勝手にヒステリーを起さしときゃいいじゃないの」

「叱るのも、本当に教えこもうという気持からなのよ、きっと。随分私達を小学生扱いにしてるところはおかしいけれど」

私は愛しているから子供を叱る親とか、涙をのんで生徒を落第させる先生、などという言葉を少しも信じてはいないのにそう言った。田舎の母は私を只めちゃめちゃにかわいがってくれた。叱られる時は、私は決して何も努力しようとしなかった。只、意味もなくめちゃかわいがりにかわいがってもらっている、あの麴《こうじ》がよく醗酵する時の状態のような、満ち足りた暖かさの中でなら、私は勉強も出来れば、肉体的な健康も保っていられたのだ。

私の佐久間さんに対する慰めの言葉は、どれも世の中に言い伝えられ、言い拡められ、そして魂の頑強な恵まれた人だけがそれは真実であると立証したために、真理のようになってしまった無意味な科白《せりふ》だった。魂の構造の弱い佐久間さんや私にとっては、何の効果もない、むしろ気持を萎靡《いび》させるばかりなのだ。

夏休みに入るまで、鬼瓦は必ずクラスの間に佐久間さんをあてた。まるで意地になっているとしか思えない程、執拗だった。そして佐久間さんは「鬼瓦って本当に嫌いだわ」という言葉をくり返し続けた。理由も説明しない。只イヤという一言につきるという風情だった。彼女はそれを童謡のリフレインのような単純さでくり返した。

私はだんだん面倒くさくなって、例の卑怯な慰めの言葉すら口にしなくなった。只私は相変らず佐久間さんの言動を、或る種の残酷な興味で観察し続けてはいた。そして佐久間さんは私のこのような冷淡さにもかかわらず、鬼瓦に対する憎しみを表現する時だけは、いつも眼をきらきらと輝かせて、異常に情熱的だった。

冬休みが終って大学へ戻ってみると、佐久間さんがいなかった。珍しいことである。クラスをさぼることもなく、体も丈夫そうな佐久間さんが、一体どうしたんだろう、と私は心の中で半ば不審がり、半ば一緒に大学へ帰ろうと誘ってみもしなかった自分の気のなさに責任を感じていた。

それには無論、言い訳もあった。佐久間さんと会っても、別に話がないからでもあり、それにとても田舎じみた変なニュアンスで、私の兄と佐久間さんのお姉さんとが、目にあまる程仲がよいという評判があったから、私は何となく佐久間家を避けていたし、佐久間さんの方も同様だろう、と思ったからだった。

そしてその噂を裏がきするように、間もなく郷里の兄が佐久間さんについての情報をよこした。

佐久間さんが少し精神状態がおかしいらしくて、最近町の病院へ入院した模様だ、と書いてある。けれどこんなことは友人に言うな。佐久間家としても具合の悪いこともあろう。村は口のうるさい所だということは、お前が第一に身にしみて知っている筈だ。原因はわからない。ある筈がないように僕も思う。あの堅い両親だし、お金に困ることもない。だが、皆が自分のことを悪く言っているような気がしたり、自分の言行にばかり注意しているように見えるらしいのだ。大学の先生にひどく悪く思われているというような脅迫観念もあるらしい。

鬼瓦だ！　と私は兄の手紙をここまで読んで思った。闘牛場の牛と闘牛士のような関係で、鬼瓦と佐久間さんをみていた私は、同時に、まるで試合が意外に呆気なく済んでしまったような もの足りなさを覚えた。赤いマントは牛の角で引きさかれてしまったんだ。

その日は美しい冬の朝だった。しかも前の晩に珍しく雪が降って、朝の太陽の光線はまるで舞うようにあたりにみちみちている。教室に出ると鬼瓦はサングラスをかけていた。漆黒の髪が、藍色の眼鏡の縁のかげに、大きく精力的に波うっている。

目の表情が見えない故か、彼女は外人の女のようにあくどく美しかった。少なくとも私の目にはそううつった。まるで佐久間さんのあの日本的なおとなしさの汁を吸って強烈に生まれ変った怪物のようだった。そして暗い田舎町の病院の一室に閉じこめられている佐久間さんの姿は、哀れにすぎて、少しも同情の念をよび起さなかった。

しかしその夜、寄宿舎の自分の部屋で、私は佐久間さんの母上にあてて、早速ねんごろな見舞状をしたためた。

着くとその場で返事を書かれたのではないかと思われる程早く、行き届いた至れり尽せりのお礼状が来た。つきそいの人を頼んで自分は余り病院に行かないようにしている。その方がよいと病院でいっていられるから。ふり返ってみると、ここ何年間か私共の家では、主人も私も二人の娘達も、誰も不思議な程事故にあわずに済んできた。戦争でも大きな被害はうけなかったし、慎しいけれど波風もなく、申し訳ないみたいだと最近も話し合っていたばかりである。そう考えれば、こうなったのも別に驚くことでもないような気がする。けれどいろいろな者のこと、死んでしまった仏の事も思い合わせ、主人のすすめもあったので、般若《はんにゃ》心経《しんぎょう》の写経をした。もう既に一部うつし終ったけれど、出来たらもう一部したいと考えている。そんなことで自分の心も落ちついて来たし、そうなれば病人にも必ずよい結果があると思う。そういう意味のことが巻紙に写経の残りか墨の色も濃く、清楚に流れるような筆あとで書かれてあった。私は初めから終りまで至極もっともと思い、内容の清らかさに深くうたれはしたが、あの鬼瓦の毒気に般若心経が勝てそうな気は、どうしてもしなかった。

菜穂が春の盛りを告げて咲き揃っている。私は大学の前の靴屋で買ったハイヒールで畑の土を踏み散らしながら歩いた。

意外に経過がよくて退院して来ている佐久間さんから、いや佐久間さんのあの昔風の美しい小柄な母上から、遊びに来てくれと招かれていたからである。もともと佐久間さんは大したことはなかったらしい。佐久間家が大事をとって入院させただけのことだったのだろう。それに私にとっても楽しい四月休み。私は鬼瓦の単位を首尾よくもらって意気揚々と帰って来た。

佐久間家の大きな藁《わらぶ》葺き屋根が見え出すと私は歩調をゆるめた。そして佐久間さんに会った時の話題をあれこれと心の中で選定し始めた。

出来るだけひっかかりのない話を選ばなければならないのだが、どれも彼女が気にするのではないかと思うものばかりだった。大学の話は一番いいのだが、早くクラスに出なくてはならない、などと彼女が苛立って又悪くなったら困る。

そうだ鬼瓦だ、鬼瓦の悪口がいい。佐久間さんがいなくなってから、どれだけ我々がいじめられたか、そして結局あんなクラスをとらなくて済んだ佐久間さんは、どんなに得をしたことか。大分子供っぽい話だけれど、病後には一番無難な話題だ。それに人間は悪口を言うと気持がさっぱりするということだってある。

佐久間さんは驚く程太っていた。のんびりとしたところさえ出て来ている。ふとこの人は総《すべ》てのややこしい物思いや圧迫から二、三ヵ月の間解き放されて、ずいぶんゆっくり休んだんだろうな、という羨望の念を、私は禁じられなかった。

通された座敷は相変らず綺麗にふきこまれて冷えびえとしていた。火の気のほしいところだが、持って来てもらえそうな気配はない。女中さんの代りに男衆の一人がお茶とお菓子をささげ持って出る。九谷の茶碗にいぶし銀の茶卓。小学校の時分、よく遊びに来ていた頃から見覚えのある食器類である。手入れがよく、物がいいから、いたみもへりもしないらしい。この家には同じような歳月が同じように淀みなくつっかかることもなくめぐって来ていたものとみえる。お正月の歌留多会、雛まつりの桃の花、お盆にはお精霊さまの迎え火をたき、仲秋のお月見にはお団子をつくる、暮には暮でお正月の準備に家族はもとより男衆も女衆も夜中までだだっ広い台所に集まる。昨日集った顔ぶれは今日も又揃っていて、こうして同じように過ぎて行った年月。

佐久間さんの精神をむしばんだものは、この単調さだったのではないか。

「太ったでしょう、私。インシュリンのお注射をした後、お砂糖水を飲むからなの」

「いいわ、太った方が。太らなきゃだめよ」

「どう?　学校の方」

会話はとても好調だった。

私は学校の同級生の一人が結婚するのでやめたことを話した。それから初めて見た卒業式の話。

「あ、それからI先生ね」

私は会話のきっかけを見つけて勢いこんだ。I先生とは鬼瓦の名前だった。

「あなたが帰られてからますますひどかったのよ、ヒステリーが。お宿題は一週二度あるの。彼女のクラスだけに出ててもーぱいな位する事あったわ」

佐久間さんは穏やかに微笑を浮べながらきいている。時々頷《うなず》きもする。だが何だか少し様子が変だ。鬼瓦のことは思い出したくないのだろうか。それとも、もうへだたってしまえば、あの授業中の不愉快さなんて忘れてしまうものなのだろうか。それでもなお、私は佐久間さんの表情の中に焦点の合わない点があるので言いなおした。

「あの頃のヒステリーだって一寸《ちよつと》そうざらにあるものじゃなかったでしょう。それが最近では教室の外へ出てゆけなんてどなってたわ」

「そうだったかしら。そんなにひどく。私、実は、あの頃のことよく覚えてないの」

微かなはじらいの色が、佐久間さんの頰に流れた。私は不意の事だったので言葉を失った。

「お注射したり、電撃療法したりするの、みんな前にあったことを忘れさせる為にしたんですって、だから私、困るの」

微笑の中に、彼女ははっきりと困惑の色をそえた。

「綽名があるのよ、『鬼瓦』って。知ってる?」

私は彼女の目の色をうかがった。

佐久間さんは鬼瓦という名前を初めてきいたように、この古めかしい邸に不似合いな明るい声でおかしそうに笑った。


再び大学が始まって、五月の青空が澄んで来ると、私は二年目の寄宿生活の落ちつきも加わって、外出許可の下りる日には、決まってあちこち歩きまわることに興味を覚え始めた。

このS町は郊外の一部が丘陵地にはいのぼっていて、よく晴れた日には遠くに輝いた一本の銀線のような海が見えた。丘の一番上には、長崎の浦上天主堂とよく似ているといわれる教会があった。

丘の中腹がゴルフ場や牧場で、牛や馬がいるというのなら、本当に外国の絵葉書にあるような景色なのだけれど、教会までのぼる坂道の両側は、畳一枚程の場所にもあくせくと小麦が植えられて、所々に散在する農家の物干竿には、色彩不明の干物が風にたなびいていた。

それはあくまで日本的な画面だった。

日曜日の午後、私は肥料の匂いの濃いその畦道《あぜみち》の埃をけ立てながら、教会をめざしてのぼって行った。頂上までのぼりつめると、私はほっと一息つき、それから人気《ひとけ》もあまりなくしんと静まりかえっている教会堂の中へ入って行った。

空気が、花の匂いのためか香の匂いのためか、香ばしく淀んでいる。私は最後列にひざまずき、見るともなく祭壇のあたりと祈禱台《きとうだい》の列を見まわしていたが、最前列に頭をさげて一心に祈っているらしい婦人の姿に、暫《しばら》く目をこらさずにはいられなかった。

鬼瓦だった。

十分程息をひそめて待つと、私は聖堂を出てゆく彼女の後を追った。

「先生」

「あ、こんちは」

鬼瓦は日本人らしい日本語を使おうとして男のように言った。

「今日《きょう》は?」

日曜のミサはとっくに終っている時間だった。私は何故とはなく鬼瓦の内面を探りたい気がしたのだ。

彼女はちょっと苦笑した。

「私の教え子でね、長崎の原爆で死んだ子がいるの。今日はその女《ひと》の誕生日だから」

「教え子で亡くなった方のことを、一々そう心にとめていらっしゃいますの？」

「いいえ、そうでもないけれど、その人私の伝言《メッセージ》をもって、浦上の神父さまにお目にかかりにあの日長崎へ行ったの。その人私の身代りになってくれたようなもんでしょ。私はその人を殺したようなものだし」

「御自分が傷つけた方のことを、そんなに一々覚えていらっしゃるんですの？」

「それはそうでしょ。誰でもそうじゃないかしら？」

私は自分が反射的に、にやりと笑ったような気がした。

けれど本当にその瞬間、私はあの喜びも憎しみもなくなって穏やかに太りかえった痴呆のような佐久間さんの表情を思い浮べた。

愛情はもろい、はかないものだけれど、憎しみだけは永遠だ、という私の浅はかな信仰を、佐久間さんは体ごと否定しているようだった。精神病院で用いる電気ショック療法というのは、死なない程度の電流を額から通じると、人間は癲癇《てんかん》に似た発作を起す。そしてそれを一週に何回か反復しているように、よい記憶も悪い記憶も次第にうすれて行く。佐久間さんがあれ程に思いつめていた憎しみの執念ですら、テープレコーダーの録音を磁石で消す時のように、機械的に消されてしまうのだ。愛情も憎しみも、どちらも本当は根も葉もないものだということが、そこでは立証される。

そして私の目の前にのびのびと立っている鬼瓦は、話をきけば丸っきりの善人らしい。佐久間さんという闘牛士が、鬼瓦という牛に無慙《むざん》にもさされてしまった、と佐久間さんの発病を知らされた日に私は思ったけれど、本当は闘志のない温和な闘牛士と、殺意のない善良な牛がいつの間にか試合をやめて闘牛場の中で仲よく立っているような光景だった。一人血なまぐさい争いを期待した私が、観客席で肩すかしをくって、自分の心情のいやしさをしみじみ味わっている姿でもあった。

もう一度試合をさせようと思っても、闘牛士が意欲を失っている今はもうおそい。

鬼瓦は、私の思いをよそに今日もはればれとした空の彼方に、一筋輝いている海の見える見晴台のところまで、私を導いていった。私達は日向《ひなた》に快よくあたたまった石のベンチに並んで腰を下した。

「どう？　一年間、私が皆さんに教えて何か役に立ったかしら。トリヴィウムの全体がぼんやりとでもわかってもらえたかしら」

「ええ」

私は魂のぬけた人のように深く肯《うなず》いた。

「そう。ほんと？　それなら本当に嬉しいわ」

飛行機が一機、白い飛行機雲をかきながら、私達の頭上に迫ってきた。しみじみと心から安堵したような鬼瓦の声音を、しらけた心のうちでうけとめながら、けたたましい爆音の最高潮を利用して、私は鬼瓦にきこえないように口の中で小さく、「鬼瓦か」と呟いてみた。

六月の真相

宮島夫人、京子が玄関の呼鈴の音に出てみると、ドアの曇硝子には、紺色の背広をもの固そうに着た一人の男の姿がぼんやりとうつっていた。

「どなたでしょうか?」

押売りを用心して声をかけると、

「山本です。山本滋です」

夫人は戸を開けて、二十六、七歳にみえる山本青年を迎え入れると、

「いらっしゃい、お久しぶりでしたわね」

「お変りございませんか」

「ええ、おかげさまで。皆元気にしているわ」

夫人は楽しそうに言った。実はここ一ヶ月程、心に重いことがあって、とても元気どころの騒ぎではなかったのだが、嘘をつこうと心に決めてしまうと、本当に何も心配事がない時

より楽しそうな声が出るのは自分でも不思議だった。

山本青年は、広々とした応接間に通されると、引っこんですぐ冷たいお手拭きと飲物を運んで来た宮島夫人のか細い和服姿を、うさんくさそうに見つめた。

「どうぞおかけなさいよ。日曜の午後はねえやを洋裁のおけいこに出しているものだから、私一人きりなの」

と飲物をすすめて、

「暫く来て下さいませんでしたわねえ。元子がいなくなると、どなたも来て下さらなくなるのよ」

心に重いこと、というのは、その一人娘の元子のことであった。娘は二ケ月前、初夏の頃に結婚したのだが、それがどうも、うまくゆかなかったのである。宮島夫人が娘の結婚に当って強く望んだ第一のことは、世帯の苦労をしなくてすむ、ということであった。金に不自由するほど、人間を卑屈にするものはない。手鍋さげても、などという思想は無鉄砲だし、第一うちの娘は手鍋さげるような生活には馴れていないから、出来る筈《はず》もない。

この夫人の思い上った考え方も、もう少し娘の縁談で苦労でもすれば、早目にぶちこわされて、従って夫人の目も覚めたのだろうが、一人娘でありながら嫁に出してもいいこと、元子がまだ年も二十一で、小柄な万人好きのする美人であること、などが影響して、どの縁談も決して相手からはことわられないものだから、宮島夫人がいつの間にか我が娘はそれ位の条件に固執してもいいだけの値うちがあるのだと思いこんでしまったようなところがあった。

幾つかの縁談にケチをつけているうちに、降って湧いたようなうまいのが一つ、宮島家にころがりこんで来た。吉田という、玩具などをアメリカへ輸出している貿易商社の社長の息子で、息子自身も取締役だというのである。文句をつければ会社が一流ではないのとこの吉田父子はいわゆる成上りもので、戦前は何をしていたのか、話の辻褄がよく合わないようなところもあるのだが、何と言ってもひどく金まわりがいい。ハリウッドの女優の家のようなプールつきの家に住み、息子の新居はお望みなら別に建てる、と鷹揚《おうよう》である。もっとも姑さんという人はもう亡くなっているので、何も別居するほどのこともなさそうだが、宮島夫人は若夫婦が離れて住むことに固執したものであった。当人の息子はおとなしそうで、可もなく不可もない。金でもなければ一も二もなく落第になるところを、可もなく不可もないというような生ぬるい状態も、金の後ろ立てがあると、まあおとなしそうでいい人だというふうになり、誰よりも夫人が相手に惚れこんで話をまとめたのであった。

結婚式はTホテルで百二十人のお客を招《よ》んで前総理大臣を仲人に行われた。丁度六月で、花嫁はレースのウェディング・ドレスがよく似合った。若い二人は飛行機にのって九州の旅に出かけ、夫人はお辞儀と晴がましさと気疲れと出費とにへとへとになった。

婿さんの吉田一政に女がいたということがわかったのは、新婚旅行から帰って来て間もなくである。

「私なんかのわからないような種類の女の人なのよ。ちゃんと囲ってあるらしいの。結婚さわぎで一週間も二週間も行かないもんだから、彼の留守中にうちへ呼出状が来たの」

元子はけろりとした様子で言った。

「『全くえらい災難さ。嫁をもらえもらえって親爺がきかないからさ。結婚してみたけどつまらない女だよ。お前の方がよっぽどいいよ』ってなことを言ってるのよ、きっと」

元子は男の口真似をして笑ったが、夫人は怒り心頭に発した。

「それであなた、どうするつもり？」

「どうするつもりって、もう少し考えるわ」

「ちゃんとした方法をとるようにしましょう。私達は詐欺にあったんですよ」

「方法をとるったって。私がお荷物をもって出てくればいいのよ」

「あなたは、そんないい加減な男に自分をやってしまって惜しくないの！」

夫人の眼に涙が溢れた。夫人が泣声を出さなかったのは元子が笑い出したからであった。

「私は別に何も吉田にやらなかったのよ。お母さまがおっしゃってるのが、処女を捧げたという意味ならね」

顔を赤らめもせず言って、

「私、もう前に、別な人とあったの」

夫人は黙っていた。彼女は自分の心の中に人生観というものが何か丸い塊のような恰好であるものなら、それが次第に胡瓜《きゅうり》のように細長く、形を変えて行くような気がした。

「そういう意味なら、つまり吉田も私もどっこいどっこいよ」

相手が誰であったかを質問する勇気は夫人になかった。夫人は娘をそらおそろしく感じた。きいてみれば肉体的に娘ではなくなっていたという結婚式の前頃に、夫人はことさら娘に処女を感じ、そのあどけなさをいとおしんだものであった。

その夜、夫人は口惜しさに眠ることも出来ず、話をきいて苦り切った顔をしながらも、いつものように鼾《いびき》をかいて寝入ってしまった夫がたまらなく腹立たしかった。

元子はそれから半月程して、金を借りに来た。会社会社といっているけれどその会社も実はつぶれかかっており、しかもそうなると同族が集って作った個人商店のようなものだけに、皆が寄ってたかって少しでも金になりそうなものはとり込もうと鵜の目鷹の目らしく、妾や新しい家（それももうとっくに抵当に入っているらしいけれど）もかかえて四苦八苦の吉田は、殆《ほとん》ど金を持って帰らないのだそうである。立派な電気冷蔵庫はあるけれど、中味は殆ど空っぽで、昨日は残りもののソーセージ一本とジャガイモとレモン半個で一日を過していた、と元子はこともなげに言った。

「お母さま。駄目よ。お母さまは裸一貫なんてことを信じていらっしゃらなかった筈じゃないの」

とやりこめられた。

目下はそのままの状態であった。帰って来るのは簡単だわ、別に吉田が好きな訳じゃないけど、もう少しあの家にいて、今後のことを考えるの、と言っていつも泊りもせずに帰って行く。相手に愛情があれば、女のことでやきもちもやくし、いやがらせに吉田の父親にお米を買う金をもらいに行くけど、どうでもいいんだから、自由勝手に貧乏してるのよ。借金とりの応待も、いつ逃げ出してもいいんだと思ってれば、結構、ひとごとみたいに気楽で面白いの、と元子は言うのであった。

山本滋は岩手県の小学校の校長の息子で、今は火災保険会社の社員であったが出来がよくて東京の大学へ出て来ていたのを、元子が友達の家で紹介されて以来、遊びに来るようになったものだった。田舎風の幾分やぼったい青年だったが、夫人はそのやぼったさを、却って娘とつき合わすのに安心な条件と考えていたし、無論それ位だから、娘の結婚の相手としては思ってみたこともない人物だった。

「本当に元子さんはお変りないんですか」

夫人は目の前の山本にこう言われると、心の中を見すかされたようにはっとした。

「ええ、そうよ、どうして?」

「奥さんは嘘をついていらっしゃる」

夫人はかっとした。田舎では何でも内々のことを話し合うのかも知れないが、東京の、しかも宮島家のような階級のつき合いでは、縁のない人間にはあまり本当のことを言わないのがエチケットである。夫人は応酬をしようとしたが、その前に山本は言った。

「結婚式の朝、元子さんが二時間ばかりいなくなったのに、お気づきになりませんでした？」

「気がついていましたわ」

「理由を御存じですか」

「存じません」

夫人は毒喰《くら》わば皿までという感じだった。

「彼女は僕に会いに来たんです」

結婚式の朝、宮島氏が起きて、娘を起こしに行ってみると、寝床はもぬけのからであった。夫人も元子は寝ているとばかり思ったので、大騒ぎになった。郵便を出しに行くにも声をかけて行く元子である。理由が全くわからないので夫婦は狐につままれたようになった。

警察に捜索願いを出すこと、集って来たお客が花嫁のいない会場に到着して騒いでいる有様などが夫人の脳裏にひらめいた。夫人は元子の洋服簞笥を調べて、彼女がよそ行きの木綿の服を着て行ったことをつきとめた。遺書はなかった。結婚式当日に花嫁失そう、という新聞の見出しもひとごとではなく目に浮んだ。

やがて元子はどこからともなく帰って来た。

「ちょっと感傷的になっちゃったから、そのへんを歩いて来たの」

その日は頭がのぼせる程いろいろな用事があったので、夫人はそれ以上、娘を問いつめることをしなかった。

「彼女は僕にさよならを言いに来ました。僕も幸福におなりなさい、と彼女に言ったんです。皮肉が殆どでしたけれど。本当は僕たちは前から愛し合っていたんですが、二人ともあなたが僕たちの結婚には猛反対をされるだろう、ということを知っていたもんですから、何も言う気になりませんでした。僕は父の恩給をあてに暮している財産も何もない家の息子です。彼女はそのうちに恋と結婚とは別のものだと言うようになりました。あれは確かに奥さんの影響でしょう?」

「あの子は、貧乏生活は出来ません。親がそれを一番よく知っていますわ」

「そんなことはない。現に今、元子さんは貧乏してるじゃありませんか。それもかなり上手に貧乏してます。僕はこないだ行ってみて来ました」

「でも、ああいう生活に長く耐えられる筈はないんです。そのうちに帰って来ますわ」

山本青年は、テーブルの上のマッチを考えながら手で弄んだ。

「結婚と恋とは別だ、なんて言うのはつまり恋じゃないんです。僕は諦めようと思いました」

「私が悪いのなら、どうぞ何でもおっしゃって下さいな。今度のことは少なくとも親が迂闊《うかつ》でした。もっとよく調べるべきでした。仲人が仲人だったしそれに向うさんもうまくおかくしになったもので」

夫人の気持はいくらかときほぐされていた。

「元子さんから、よくあなたのお話をききました。良妻賢母の見本みたいなことが沢山あったんです。昔、元子さんのお父さんが大病をされた時の看病のしかたなんて、とても常人じゃ出来ないことだし、空襲の時も、実に落ちついて消火作業をなさったそうですね。でも僕はそういう人にも一つだけ弱いものがあると思うんです」

「何ですの?」

「お金です。お金というか、物というか」

部屋の中は急に薄暗くなっていた。夫人は外を見て夕立が来そうになっているのを見た。

「私はお金なんかにふらふらにはなりませんわ」

夫人は微笑した。それほど貧乏をしているつもりはないという意味だった。

「ふらふらにはおなりになりません。何にだって別にふらふらにおなりにはならないです。けれど世の中には、御自分の御主人以外の男に夢中になる女の人よりも、名誉やお金にイカレてる人がずっと多いでしょう」

夕立が烈しい音をたてて降り始めた。夫人は立って行って応接間のガラス戸を閉めようとした。固くてなかなか動かないのを、山本は素早く立って手伝った。

「古い家なので、しょっちゅう戸が開かなくなったりするの」

「僕、力があります」

二人は軽く息を切らし、その共同の作業を終えた時には、何となく親しみを増したように感じた。

「元子さんを、改めて頂けますか？」

稲妻が光り、雷の烈しい轟《とどろ》きがあたりを圧した。

「もうもとからあなたのものだったんじゃないの」

「すみません。僕は決して無責任な気持じゃありませんでした」

「元子が今度のことに平気だったのは、あなたのことが心にあったからなのね。今初めてわかりましたよ」

「僕は怒って、彼女のことを忘れるつもりだったのに出来ませんでした」

「ありがとうございます。本当に」

「怨みを一言述べさせて頂いていいですか？」

夫人は頷いた。

「全く僕達はまわり道をしたものだと思います。今度の場合は、結婚があなた方お二人のよろめきでした」

山本は笑った。

「世の中で、体裁のいい縁談といっているものに目がくらまれたんだと思います。でもよろめくということは、必ず次の足ではまともに歩くことです。今度こそ、元子さんは僕と本当の結婚をして頂けると思うんですけれど」
外は気持のいい程の、豪快で男性的な雨脚であった。

編隊をくんだヘリコプター

夫は、消毒器の中で、ごとごとと煮沸されている注射器の音を聞きながら、注射を受けるために長椅子に横たわっている若い妻の傍《そば》に来て坐った。薄いピンクの注射薬のアンプルは、既に何本かテーブルの上に置かれていた。

「どう？　用意はいいかい」

「ええ、いいわ」

その笑顔がとてもしおらしくて可愛かったので、彼は妻に接吻した。彼は髪を長くしていたので、その一房は、二人の唇が重ねられた拍子にはらりと二人の額の間にこぼれた。それは何となく重苦しい、苦い接吻だった。

「君がもし、僕に何か嘘をついたり、かくしごとをしたりしているのだったら、これから本当のことがわかってしまうんだ。そうしたら、僕はどんなに苦しむかも知れない。今が最後のチャンスだ。どうか本当のことを言っておくれ」

「あなた、私は過去にあったことは、もう何もかもお話ししたと思うの。只の男の友達のことも、私に求婚した青年たちのことも」

「そうかい」

夫は幾分、失望したように言った。

この夫婦について、簡単な説明をして置く方がいいとしたら、それはこういうことになる。男の方はどこの国にも必ず何百人かはいる貧しい画描《えか》きの卵であった。彼は一、二の画家を除いては、他の画描きたちを総《すべ》て腹の底から軽蔑していたし、自分の画が売れないのは他人に目がないからだ、と信じていた。事実、皮肉を言う訳ではないが、こういう自信というのは、大切なものである。こういう自信があるからと言って、それがすぐに、彼のひとりよがりと、画家としての才能の乏しさを示すと思うのは間違っている。自信があっても、時には画家として大成しない時もあるが、自信がなければ、これは百パアセント成功しない。芸術百般は、まず多かれ少なかれこうした滑稽な自信から生まれるものだ。

その意味で、彼は画家としての資格の第一歩はそなえていた。只彼は貧乏で、彼の才能の芽をゆっくりと時間をかけてのばすのは、北極で椰子《やし》の木を育てる以上に困難なことに思えた。

その上、彼には悪い癖があって（悪いというのは筆者が勝手にそう決めつけているからにすぎないのかも知れないが）、鉄や紙を作ったり、紙幣《おさつ》を数えたりする職業を限りなくばかにしていて、直接人間が生きて行くことに関係のないこと、例えばそれそれ、画をかくこと、というような仕事が最も尊いと信じこんでいるところがある。しかしこういう人間は、確かに或る国の人口の○・○○何パアセントか、或いは○・○○○何パアセント位は、常に潜在的にあるもので、そう驚くには当らない。つまり好意的に解釈すれば、こういう手あいは、人間は何か限りなく神秘的なものを持っていると思っていたい人種なので、人間の肉体は何と何の元素から出来ている、というような言い方をされると、極端に不機嫌になる。

彼が偶然、或る若い娘に会って、一目で結婚する気になったのは、彼女が音楽家のなれのはてであったのと、非常に美しかったのと、両方の理由によるものであった。彼は不縹緻《ぶきりよう》な女が嫌いだった。不縹緻そのものを嫌ったのではなく、不縹緻だと何となく人間が物質的に(それも悪い意味で)、見える恐れがあったからである。

彼女は、天才少女ピアニストとして、非常に有名な存在であった。それが或る時、思いがけぬ不成功な演奏会以来、彼女は人が変ったようになり、隠退してしまった。一部では精神異常をきたして廃人になったという噂まであった。しかし彼が見たところ、彼女は精神異常者でも廃人でもなかった。彼女はピアノを弾かないだけで、充分にやさしく、あどけなかった。彼は彼女の何となく翼をいためた小鳥のような風情が忘れがたく思えたし、家の中にとじこもって、往時の華やかな刺戟《しげき》もなく毎日を送っていた娘には、そうした現在のみじめな自分を慰めてくれる青年には、父親のような懐かしさを覚えたので、二人は意気投合し、やがて結婚することにした。

「成功」は夫の方にとっては未来のものであり、妻にとっては過去のものであっただけに、若い夫は、妻がどうしてピアノから遠ざかったかについては並々ならぬ興味を持っていた。彼女の成功は大きかっただけに、それを捨てた理由も又何か非常に明確なものでなければならない、と考えた。彼が妻に対して覚えた執着の大部分は、この神秘性にあった。

彼はかつて自分の人生で、命を捨ててもいいと思うほどの感激的な政治闘争にも革命にもぶつからなかったし（彼は芸術以外のものを少しも信用しなかった癖に、その興奮の快感だけは一ぱしに理解出来るのであった）、後に精神障害を残すほどの生命の危険を、乗物や他人から加えられそうになったこともなかった。彼にとって、彼の貧乏も、芸術家としての不運もじわじわとあたりにたちこめているというような状態だけに、彼は人生の劇的な挫折ということさえ何か大変すばらしいことのように思っていた。

しかし妻は一向に彼の好奇心を満足させるような話をしてくれなかった。彼女は不成功に終った最後の演奏会のこと、それから、結婚前に交際のあった青年達のことを、かなり詳しく話したが、それはどこの娘にもありそうなことで、少しも彼を満足させなかった。

そうした或る日、彼は友達の若い精神病医から、新しく出来た、その薬の話をきいたのであった。

静脈に注入するだけで、或る種の沈静と興奮の作用が同時に起り、人間は問われるままに、心の中にあることを少しの偽《いつわり》もなく話し出す。少しの危険もなく被験者は、只眠っているだけ。そして薬の効用が切れて、爽かな気持で目覚めた時には、自分の言ったことをもう少しも覚えていない。

「便利な薬が出来たものだな」

話をきいた時、彼は何とも思わずにこう呟いた。

「冗談じゃない。困ることの方が多いぜ」

医者の方は懐疑的に言った。

「俺はもう頼まれるままに、重症の分裂症患者や、受刑者の中から志願者を募って、何回か実験をやったんだ。大ていは実験後に、こちらが恥かしくてたまらない。相手の顔を正視出来なくなるさ。勿論、稀に愛情を覚えることもある。それから、もし俺が刑事か何かで、相手に泥を吐かせようとしてこの薬を使って思い通りの結果が出たら、多分、ざまあみやがれと思うだろうが、俺にはまだその経験がないんだ。実験した奴はその三つのうちのどれかを味わうだろうよ」

それをききながら、突然、彼は妻のことを思った。彼には何もわかっていないあの無邪気な妻の過去が、彼を嘲笑しているように感じられた。

「この薬を少し分けてくれないか」

「何にするんだ」

「妻の結婚以前の生活で少し知りたいことがあるんだ」

「嫉妬か？」

「いや、まだ、そんなはっきりした形をもったもんじゃない」

「よした方がいいよ。ろくなことにはならない」

医者が遂に彼にねばられて薬を渡すことを承知した時、医者の洩らした感慨は、彼が勇猛心のある人間だということであった。医者に言わせれば、嫉妬というのは全く非生産的な、或いは生産的であるにしてもマイナスの意味でしか役に立たない情熱で、それを探り出して楽しむのは、痛みをこらえて腫物から膿を出すようなものなのであった。しかし彼は目的のものを手に入れた嬉しさに、相手の言うことなど、全く気にかけてもいなかった。

そして今日、彼はいよいよ実験にとりかかることになったのだ。

画家はやさしく妻の顔を愛撫しながら言った。

「僕は君が嘘をついているとは思わない。けれどまだ何かあるような気がするんだ。第一君が、どうして僕のような貧乏画描きと結婚したか」

「あなた、それは何べんもお答えしたでしょう。あなたが好きだったからよ。それから私が演奏家に向かないことがわかったから」

「それは答えにならないよ」

若い夫は憂鬱そうに言った。

「僕は君の言葉をそのまま信じる程、甘くはないんだ」

「そうかしら」

妻は当惑しながら、

「あなた、もし私が嘘をついているとしたら、許して下さる?」

そのいじらしい言い方をきくと、男の胸には女に対する哀れさが増した。

「そのことでは、今まで、毎晩、目が覚めるともう寝つけないほど苦しんで来たんだよ。君がどういう嘘をついているか知れないけど、僕は多分、許してしまいそうだ。ああ、恐らく君は、僕なんかに想像つかないほど、過去にいろいろなことがあったんだろうなあ」

女は眼に感謝の色を浮べた。

「それよりもあなた、この注射のことを話して頂戴な。私はどうすればいいの?」

画家は、妻の顔をしげしげと見ながら、そのしなやかな髪を撫でた。

「何も心配しなくったっていい。僕はこの薬を君の静脈に入れる。初めはほんの少し。僕は君の顔色を見ている」

「それから?」

「それから、僕はもう少し入れる。入れながら二人は只、おしゃべりをすればいいんだ。僕が質問し、君が答えることもある」

妻は頷いた。

「そのうちに、多分、君は少し眠くなって来る。無理に起きていようと思わなくてもいいんだ。医者に言わせると、それは、とても気持のいい眠りだそうだ」

「でも、眠ってしまったら、私はもう何も言わなくなってしまうでしょう?」

「ところが、それがこの薬の面白いところなんだ。眠っていても、君は僕の問いにちゃんと答えることが出来る。しかも決して嘘がつけないんだ。そしてその上に、君は眠りから覚めた後、自分が何を話したか、少しも覚えていない」

夫は妻が、それに脅えるかと思ってじっと顔を見つめたが、妻は「そう」と軽い好奇心のある目つきをしただけだった。

画家は立って行って慎重に消毒器から注射器をとり出した。彼は少し興奮していたので、アンプルを切るのにもひどく時間がかかったし、注射器に薬を吸い入れる時には手がふるえて、針はぎちぎちとガラスを噛んだ。

「ずいぶん沢山ね」

妻は注射器の薬液の量について、微かに不安そうに言った。

「これだけ皆は、多分使いやしないさ。だけど、この薬の効き目は人によって全く違うんだそうだ。少しでもうんと効く人もいるし、いくら入れても自制力のとれないのもいる」

夫は妻の腕にゴムをきつく縛った。血管の浮き出た部分をそっと指先で探りながら、

「一度でうまく針が入るといいなあ、君を痛い目にあわすとかわいそうだ」

「あなた、そんなこと気にしなくてもいいわ。何度でもやりなおして」

ところが、偶然にも、白い皮膚は薄手だったので、針は一度で赤黒い血を吸い上げた。夫はゴムをほどき、薬を少し注入した。

「どう、どんな気持になった？」

「何にも変らないわ、あなた！」

彼はもう少し入れた。

「どう？　まだ変らないかい？」

「何だか背骨のあたりがくすぐったいわ。あなた。でもまだ、私は嘘をつけてよ」

「焦らなくてもいい、話をしよう」

「何の話？」

「ここへ二人で移り住んで来たのはいつだった？　そしてここはどこだ？」

妻は長い睫毛を揃えて目を伏せた。そしてくすくす笑った。

「いやだわ、あなた。まだ私は全然正気よ。私達は二ヵ月前にここへ移って来ました。場所はA生命保険代理店の三階の部屋。建物は真白で広い高速道路に面しています。シェパードが一匹、裏の金網の中で飼われています」

「なぜ我々はここへ来たんだったかね」

彼女は笑ったりしては怒られると思ったのか、今度は大真面目で答えた。

「私達は少しお金が足りなかったの。それなのに、私達には、あなたがゆっくり落ちついて絵を描ける場所が必要だったの。シーズンに入る前に、あなたはどうしても作品を完成する必要があったからよ」

彼女はここで急に眼を見開いて彼の顔を見つめた。

「あなた、私はまだほんの少ししか、ぼんやりしていなくてよ」

夫はピンクの液体をもう少し注いだ。

「いいんだ。別に気にしなくていいんだ。ここでは我々は何をしている？」

「真夜中に一回見まわりをすればいいだけなの。部屋代もいらないし、静かだったので、私達はとても幸運だということになったの。もっともあなたは、シェパードより早く、私達が泥棒を見つけることはまずないのに、って言ってたけど」

彼女はいやいやをするように頭を振った。態度は少しばかり普通ではなかった。これは彼の計算によると、少しばかり効き方が早すぎた。薬に敏感な方なのだろう、と彼は思った。

「それじゃ、いよいよ本筋へ入ろう。君はピアニストだった。幾つの時からピアノを始めた？」

「五つの時から」

「初めて演奏会を開いたのは？」

「十二の時」

「どこで？」

「市の公会堂でクリスのピアノ・コンチェルトの作品十五番を」

女の顔は無表情になっていた。先刻までの顔があまり柔和だったので、今、夫は妻が怒っているのではないかという気がした位だった。

「その頃の話を少ししてごらん」

「私はとても讃《ほ》められて、死ぬか、さもなければ何か事故があって指を切られたりしない限り、必ず世界で有数のピアニストになると言われたの。ところがそうはいかなかったんだわ」

「そう、そうはいかなかったんだね、それで」

こういう質問の引出し方を薬と一緒に習って来たことを、彼はようやく思い出した。

「演奏会の最中のことなのよ。私は突然曲を忘れてしまったの」

「そう、君は忘れてしまった。しかしどうしてだろう」

「そこまで来た時、ピアノの黒い板のところに、急にある人の顔が映ったのよ」

「どんな顔だった？」

画家の額はじっとりと汗で滲んだ。

「私の忘れられない顔だったんだわ。瓜実顔《うりざねがお》で蒼ざめている。殆《ほとん》ど笑わないの。苦しむために、この世に生まれて来たような顔よ。その人はお姉さまの家庭教師だったの。お姉さまは彼のことを頭からバカにしていたけれど、私はそう思えなかった。

彼はよく練習時間に入って来て私のピアノをきいていたの。彼は私に声をかけもしないし、私も知らん顔をしてたけど、彼の入って来る気配がわかって、その姿がピアノに映ると、私はとても胸がどきどきしたものだったわ。でも、私はまだあまり若すぎたし、おてんばで塀をのり越えたり木に登っていたりしたでしょう。誰も私が恋をしているなんて気がつく筈《はず》はなかったの」

「それから？」

彼はようやく乾き切った唇を湿しながら言った。

「でもお姉さまは、彼が私の練習をきいていることをとてもいやがったわ。雇い人には雇い人の分際がある、っていうのがお姉さまの考えだった。そう言われた時、初めて私はその人を深く心に想っていることがわかったの。でもお姉さまは、彼と私の接触を一切禁じたし、演奏会にも来るのもいけないと意地を張った。だから、彼がステージの袖にこっそり来て、私の演奏をきいていてくれるなどとは思いもしなかった。ところが、私が思わず弾く手をやめて後ろをふりむくと、そこには誰もいなかった！」

「誰も？」

妻は深く頷いた。

「梯子と配電盤と大道具が少しあるだけ。お客さまは吃驚《びっくり》していた。私も困ってしまったの。

でも錯覚だとわかると、私はそんなに慌てはしなかった。私は小さい時からステージに馴れているでしょう。客席の方に向かって思わず困ったように微笑《わら》ってしまった。それから、もう一度、第二楽章の最初から弾き直したの。その笑顔がとてもかわいかったから、失敗をした以上の好感を与えた、と書いた新聞記者もあったわ」

「それで？」

「私は少し頭が混乱してたけど、又丁寧に弾き直した。どうしてこういうことが起ったのか不思議だったわ、私は本当にあれは幻影だったと信じてたのよ。それなのに、さっきと同じ所まで来た時、又彼の顔が現れた。ピアノに映った彼は今度は微笑してた。

彼の姿がみえると、私は曲を忘れるの。まるで食べかけのお菓子を持っていかれるみたいに。『いたずらはしないで！』と私は心で言いながらふりむくと、やっぱり誰もいない。もう一度、ピアノを見つめると彼はどうしてもそこにいる。影だけじゃないの、私が確実に彼がそこにいるという圧迫まで覚えた。で、私は少し腹を立てて、三回目の今度はもう、彼が出て来ても決して相手にしないことに決めたの。彼はやっぱりこっちをじっと見てた。だけど私は弾き続けた。ところが例のところまで行くと、彼はどさりと倒れたの。

私はもう我慢が出来なかったわ。夢中で走りこんでしまった。本当に彼を助けに行くつもりだったのよ。しかしやっぱり誰もいないの。私の心の中は、焦りや、恐ろしさで火のようだった。お客さん達が帰り始めるざわめきもそれに拍車をかけた。私が弾けなくなって逃げこんでしまったように思ったんでしょう。

皆が駆けつけてきて、父は『どうしたんだ』と一言私に言ったわ。

『わからないの』

『いいさ、又、チャンスはいくらでもある。家へ帰って休もう』」

若い夫にとって、この話は初耳だった。妻は、今までに一言もその家庭教師について口にしたことはなかった。妬ましさが待ちかまえていたように彼を襲った。しかし皮肉なことだが、もし期待に反していたら、彼はなお苦しんだであろう、ということもほぼ確実である。

「その男は、きっとカーテンの陰にかくれていたんだ」

「いいえ、あの方はそんなにふざける人じゃないわ。それに、彼はそこに来られる訳がなかったのよ。彼はその頃、既に自殺していたの」

妻は眠っていた。真剣な、強要されているような生真面目な寝顔だった。彼は妻をかき抱きながら、ああ、とうとう僕は君の秘密を知ってしまった、と深い満足をもって呟いた。あの医者の言ったことは本当だった。彼は妻の秘密を知ったことで、相手に対する言いようもなく深い新たないとしさが生まれたような気がした。これはすばらしいことだ。

殊に相手が死んでいるときくと、嫉妬の感情は、爽かな海の潮のようにひいていった。

なぜ死んだ男の顔がピアノに映ったかということについては、彼はあまり苦労しなかった。

彼は幽霊を信じないのだ。天井に幾つも並んだライトや、ステージの袖に置かれたさまざまのものが重なって、人の姿のように映る時もある。家庭教師の青年に、自分の演奏をききに来て欲しいと思っていれば、どんなものもその青年の俤《おもかげ》になる。

「ほんとに、そんなことがあったのか、君には」

画家は思わず呟いた。

「嘘よ」

「え？」

「今の話はみんな嘘なの」

寝息は静かだった。

「或る空想家の新聞記者が作り上げた話なの。でもいろいろな噂の中では、それが一番すてきだったわ。丁度その日に、お姉さまの家庭教師をしていた人が交通事故で死んだから。しかし私はその人を、少しも好きでなんかなかったわ。気の小さい善人で、一生自分の教え子の作品を自分の部屋の壁にはっておいて、それで飢死にをしても、私の一生は幸福でした、といいかねない偽善者だった」

「そんなことはないだろう。君はやっぱりその男を好きだったんだ」

夫は混乱で頭がくらくらした。妻は静かに首をふった。

「それなら、本当の理由をきかせておくれ。なぜ君は曲を忘れてしまったのか」

妻は長い間黙っていた。夫は気がついてもう少し薬を注ぎ足した。半分まだ正気だったのかも知れない。だからああいう嘘をついたんだ。しかし、と彼は又思った。嘘よ、と正直に言ったところをみると、薬が効いていない訳でもなさそうだ。

「さあ、お話し」彼は促した。

「演奏会の前日のことだったわ。私は最後に総練習をしていた。当日の朝は、私は軽い指の練習をするだけでもう弾かないことにしているの」

彼女はぐったりと投げ出した自分の指を、本当に弾いているつもりらしく、微かに動かそうとした。しかしそれは長い間練習から遠ざかっているのでもはや固くなってしまっていた。

「前日は朝から晴れていました。綺麗な日だったわ。航空ショーがあったの」

夫は思い出した。彼も会場のはずれの草むらで、底ぬけに晴れた空と、気狂いのように尻尾から雲を吐いてかけめぐるジェット機の編隊を、いまいましい思いで眺めていた。

「私のピアノは二階の大きなガラス窓の傍においてあって、すぐその下は公園になっていたのよ。公園の向うのはずれにショーのための観覧席が出来ていて、いつもは私の窓のすぐ下で遊んでいる近所の子供達も、その日はみんな賑やかな会場の方に吸い寄せられていたわ。あれは確か、最初がジェット機、その次が無線操縦機のパレード、それから又何かあって、午後はグライダーやヘリコプターの、それは傑作な曲乗りがある筈だった。

私はやがて子供達が帰って来たらしい賑やかさに気がついたの。子供はどんなに面白いものでも、只見ていることは出来ないのね。すぐ自分がやりたくなってしまう。

子供達はおまけにとても巧妙に作った石のパチンコを持っていた。一人が模型飛行機を飛ばす。ともう一人がそれを撃つ。まれに石が当ると飛行機はきりもみになって落ちて来る。間もなくヘリコプターの編隊が向うからやって来たの。ああ、あの二十機も連なったヘリコプターのやかましさとおかしさったら、見た人でないとわからないわ。子供達が石のパチンコで、屋根すれすれに飛んでいるヘリコプターを撃とうという気持は、私にもわかるの。もちろん届きっこはないけれど」

溜息が静かに洩れ、微笑が妻の唇に浮んだ。

「私はその時、問題の曲の第二楽章を弾いていたのよ。突然一人の子供がヘリコプターを狙ってパチンコを撃ったの。だけど石は大きくそれて、私の顔に向かって風を切って飛んで来た。ガラスが割れた」

急に妻は言葉を切った。

「どうしたのかい?」

「ここが痛いの」

妻は胸をおさえた。

「あの時もそうだったし、いつもそうなの。怖いとか吃驚したとかいうようなものではなくて、痛かったの。その時は何も気がつかなかった。けれど不思議とそれ以後、その時弾いていた節へ来ると、私は何もかもわからなくなってしまうの」

「嘘だ！」

彼は低く叫んだ。

「本当よ」

「それが君のピアノをやめた理由の全部か？」

「そうなの」

「君はごまかしている、何かをごまかしている」

彼は絶望的に言って薬を一そう多量に入れた。

「あなた。あなたは人間を何と思っていらっしゃるの？」

彼女はのろのろと呟いた。

「どうすれば満足なさるの？」

「本当のことを言わしてやるんだ。お前の精神はそんなに貧しい訳はない」

彼は腹をたてた。彼は残りの液体を一挙に入れた。

「私はそんなものなのよ。かわいそうに、あなた。もうお話が出来なくなって来たわ」

今までより深い眠りが、彼女を襲い始めた。彼女は烈しい鼾《いびき》をかき、顔は赤らんだ。彼は彼女の名前を呼んだがもう応えはなかった。十分後に彼女の呼吸が止った。その時男は、不意に抱きしめていた妻の体をほうり出し、非常な信念をもって悪態をついた。

「この嘘つき奴《め》！」

それにしても残念なのは、彼の友人の精神病医が実験の結果として感じる三つの平凡な感慨を予告するに当って、もう一つの一番大切なことをつけ加えなかったことである。それは知れば知る程人間は人間に対して言いようのない深い失望を持つということだ。もしそれを言い含められていたなら、軽率なこの画描きも、ひょっとしたら救われたかも知れないのに。

ショウリ君の冒険

ショウリ君の本名は、門馬《もんま》勝利《かつとし》という、まともなものである。昭和六年生まれ。医者である律気ものの父が満州事変の勝利を祝ってつけた名前だが、どうも名前負けした感があって、あまりうまい目にあった試しがない。大学入学の時も一年浪人したし、注射をするのもおっかないという気弱な性格がたたって、今でも大阪の方では腕がいいので有名な小児科医の父の跡をつぐことにもならなかった。ようやく東京の二流会社に就職、成績の方は別として、どことなくヌーボーとまのぬけたようなところがあるものだから、同輩、上役にも結構愛されている。

父親からショウリ君がゆずり受けた唯一のものは中古の小型自動車である。まんざら景気が悪くないらしく、新しい自動車を買うのだが、今まで使っていたのを二十万円でお前に譲る、と父から言って来た。金は向こう十年くらいの月賦でいいし、もしも二十万円以上に売れたらその差額はお前にやる、という条件である。これは、ショウリ君の父親も、息子に負けずおとらず、損をしないように車を売るなどという面倒なことの出来ない人間なので、いっそ息子に始末をまかせてしまったら、というところであろう。

ショウリ君は無口な男である。車を上手に売って儲けることなど思いもよらない。自然彼はその車を買うことになった。買うというと体裁がいいが、とにかく車を手にした時からまだ二千円しか払ってないのだから、買ったのかもらったのか、その辺のところは明瞭でない。

ショウリ君の数少ない取得の一つは、機械がいじれることである。車は小型の外国車であるが、もう随分あちこちと自分で手入れをした。いいことか悪いことか、とにかく素人の芸であるが、車はちゃんと走っている。出費はガソリンと部品を買うことだけで、それほどはかからない。Ｙシャツも買わず、ネクタイも買わず、都合のいいことに酒も大してのまないショウリ君だから、下宿代と自動車のためだけに働いているようなものである。

その日、会社がひけると、ショウリ君はすぐ古ぼけた愛車を駆って、行きつけの自動車修理工場へ行った。方向指示器が上らなくなったので、ヒューズを買わねばならなかったのだ。ヒューズというのは安い部品のうちで、一個二十円。すぐ自分でエンジンカバーを開け、部品をとりつけてふと目を上げると、いつの間にか隣に二、三年程前のクライスラーがとまっている。それも只のクライスラーではない。派手の何のといって消防自動車のような赤い色でしかもオープンである。次の瞬間、もう一度ショウリ君をおどろかしたのは乗っている人間である。

赤い自動車にのっているのは真黒な人間だ。黒パンのような色をした黒人のアメリカ兵が、じっと善良そうな目つきでこちらを見ている。ショウリ君と視線をあわすと彼は白い歯を見せてにっこり笑い、車を下りて来た。

「いい車だな」

と彼は英語で言って、馬の尻でも叩くように、ショウリ君の小柄な車の屋根をぽんと叩いた。六尺一、二寸はありそうな大男である。

ショウリ君もしかたなしにまずい英語で、

「綺麗な車ですね」

と顎でクライスラーの方を指しながら言った。全くキレイとでもほめなければほめようがないようなまっかっかの車だが、無口なショウリ君にしては大出来である。

「気に入ったら、買わないか。今、買手を探してる」

「とんでもない」

思わず日本語で言ってから、それでは相手に通じないと思い、

「金がない《ノー・マネー》」

とつけ足した。相手は信じているのかいないのか、人のよさそうな顔でにこにこ笑っている。

「それに、日本ではあんたの車は大きすぎて不便だ」

とショウリ君は、売りつけられてはたまらない、と必死である。すると彼はにこにこ笑ったまま、

「そっちの車が小さすぎる」

と言った。悪気もなさそうだし、考えてみればなるほどそういう考えもなりたつ。すると兵隊は続けて、

「買うのは困るなら、二、三日取りかえてみないか」

ショウリ君はあきれて相手の顔を見つめた。相変らず、部厚な唇も、かすれたような声もひどく人なつっこげである。

「二、三日といっても……」

とショウリ君がためらうと、

「今日は金曜日。あさって日曜の午後五時に、宮城前《きゅうじょうまえ》で会って、その時に車を引き換えよう。乗ってみてこの車が気に入れば、君はきっと買うよ」

「買いっこないよ。金がないんだから」

「買わなくてもいいさ、僕も小さい車に乗ってみたいと思っていたところだった。君も大きい車を試してみたまえ」

二人は地面に絵を書いて待ち合わせの場所を確認しあった。

夢心地からさめて、ショウリ君はその気恥かしいような派手な車におそるおそるのりこんだ。兵隊はもうとっくに、どこへともなくショウリ君の車に乗って消えてしまっている。幸いエンジンの調子はよいし、ぼんやりした顔でとにかく家路へ急いだ。

ショウリ君は下宿住いである。近所まで来てからはたと彼は我に返った。この大げさな車が、とうてい下宿の路地へは入らないことがわかったのだ。下宿は草深い郊外の、畦道《あぜみち》に毛の生えたような細い道に面している。

ショウリ君は困惑した挙句、一つの方法を思いついた。

下宿と背中合わせのうちは、町の小さな印刷屋で、そこはやや広い道に面しているし、敷地内にはちょっとした空地ももっている。幸いそこの若主人とは、時々親しく機械の話などする仲だったので、そちらで預ってもらおうと思い立った。

車を乗り入れてみると、一家は夕飯の食卓を囲んでいる最中であったが、主人もおかみさんも呼ばれて出て来て一目、赤いクライスラーを見るや、まるでカバか象でも自分の屋敷内に引きこまれたような顔で驚いている。やっと数秒間で興奮がおさまると、若主人は叫んだ。

「おい、ショウリさんよ、いつタカラくじが当ったんかい！」

「預り物なんですが、すみません、今晩と明日の晩だけ預ってくれませんか」

ショウリ君は事情を話して気弱く頼みこんだ。

「それはかまわないけどさ。何にしても色気違いみたいな車だね」

その晩はようやくそれで騒ぎがおさまった。

翌朝、ショウリ君は、いつもより三十分ほど早く会社へ出かけた。そうすれば、このけばけばしい車をそれほど皆の目にふれさせなくてもすむからである。

三十分早い朝の会社は、思いもかけぬほど、ひっそりしている。急いで車を下り、なにくわぬ顔で、二、三歩歩き出すと、やはり吃驚《びっくり》したように彼のおり立つところを見ていたらしい女子事務員があったが、幸いに他の課の女の子らしく、顔に見覚えがなかったのでショウリ君は面をふせて足早にその前を通り過ぎた。

仕事をしながらも、どうも車のことが気になってたまらない。昼頃、同僚の一人がふと窓から下を覗いて、

「赤インキの中に飛びこんだようなクライスラーがいやがらあ」

と呟いた。もう少しで、それは俺がのって来たんだ、と説明しようかと思ったが、ショウリ君は思いとどまった。そんなことをうっかり言おうものなら、一部始終を話させられることは必定である。

ショウリ君の会社には、殆《ほとん》ど残業というものがない。ことにその日は土曜だから、十二時をすぎると皆潮の引くようにいなくなってしまった。しかしショウリ君は、わざとぐずぐず煙草を吸いに便所に行き、一時近くになって、ようやっと玄関に下りて行った。

その時、又間が悪くも、反対側の廊下から出て来たのが、重役の関根さんである。普通の

重役なら知らん顔をしていてもすむが、関根さんはショウリ君の父の知り合いで入社試験を受ける前にそれとなく挨拶に行ったこともあるし、満更黙っている訳にもいかない。

「暫く会いませんでしたね、もう帰り？」

とこの会社では、重役ほどよく働いている事実も知らぬげな関根さんの挨拶で、ショウリ君はいたく恐縮した。

「はあ」

「君、自動車を使っているってこないだ誰かからきいたけど、どの車？　今日はもって来てないの？　自分で運転するんでしょう」

たて続けにきかれて致し方なく、

「あれなんですが、実は……」

と朱ぬりの車を指しながら言い訳をしようとすると、

「ほほう、すばらしい車じゃないか。これじゃ会社の月給は自動車代だけにも足りないだろう」

言葉に棘は少しもないが、ショウリ君はきっとなった。

「違います。僕の車は、古い……」

小型車で、と言おうとしていると、

「古くたってクライスラーはクライスラーじゃないか。くさっても鯛ってことがあるからね。

ま元気でやって下さい」

と関根重役はさっさと黒い中型車にのりこんでしまった。

その午後、ショウリ君は不機嫌だった。何となく侮辱されたような気持である。自分がどこかの甘いお坊ちゃんと同じに、自動車代稼ぎに勤めに出ているように思われたら、全く恥だ。

気がくさくさするので、ショウリ君は夕飯を食べてから、下駄ばきで近所の映画館へチャンバラ映画を見に行った。この映画館は二本だてで五十五円、安いだけあって蚤《のみ》もいるし、時々鼠が足の下を走りぬけることもある。それでもあのいまいましい車のおかげで、庶民生活とは隔絶されたような感じにさせられているよりは、どれほどましか知れない。

映画では遅くなったし、翌日はかき入れの日曜であるから、ショウリ君が目をさましたのはかなり遅く十時頃であった。顔を洗って部屋を掃除しながら、午後五時までの過し方を考えた。

折角借りた車である。少し乗りまわしてみないことにはつまらない。ショウリ君は一時頃になって裏の家へ入って行ったが、その途端、あまりの意外な光景に思わず立ち止ってしまった。

進水式の日の船が、マストとマストの間をさまざまな旗や装飾でかざるように、クライスラーのハンドルや、ドアの取手や、ラジオのアンテナからは、一せいに外の板塀まで麻紐《あさひも》がはりめぐらされて、そこにおしめや、子供服や、ももひきなどが盛大に干されていた。それにしても、実にうまく利用したものと感心していると、おかみさんは遠くから、

「ショウリさん、すまないわね、今はずすわ」

と言いながら駆けて来た。

「便利な車だねえ、これ、屋根のないのが特に便利だわよ」

と言ってほめてくれたのはこの人が最初だが、ショウリ君は、

「そうでもないんです。何しろ狭い路地には入らないし、ガソリンはやたらにいるし」

と言いながら、ひょいと覗くと、後部の座席には、赤ん坊が乳母車代りにちゃんと寝かせられている。ショウリ君も手伝って洗濯ものを取りかたづけ、赤ん坊も抱き上げて、ようやくクライスラーがクライスラーらしくなると、主人がやって来た。

「おい、出かける?」

「ええ」

何を思ったか、主人は、

「ショウリさんよ、恋人いないの?」

ショウリ君は返事をするよりぽっと赤くなった。実は従妹《いとこ》が好きなのだが、まだそれといい出しかねている。

「この頃は何だってよ。こういういい車さえみせりゃ、女はたいてい、ナビクってよ」

主人の言い方は、荒っぽくて古風である。

ショウリ君は断然、従妹の家へは立ち寄らないことにした。従妹は地道な女で、決して赤いクライスラーの一つや二つにふらふらとなるような女でないことはわかっているが、愛されるなら、車ではなくて、自分自身をそのままずばりと愛されなければ困る。それにはしたなくこんな車をみせびらかしに来たように思われるのもいやだ。

ショウリ君は、車を運転して印刷屋の店を出た。どこへ行くともあてがない。ともかく東京の外へ出られる道まで行こうとしていると、交叉点の安全地帯のところで、都電を待っているらしい大学時代の友人の木村に会った。口が悪いので有名だった男である。

「おう、どこへ行く」

と声をかけるので、

「あてがないんだ！」

「のってもいいか！」

「早くのれよ」

軽い身のこなしで木村がとびのるや、信号は赤から青に変った。

「すげえ車だな」

「まあ、今に説明するよ」

「ビールでものまないか？」

少しばかり都心へ車を引き返して、二人はビヤホールを探して入った。

木村は一通り話をきき終ると、うむと唸って、「畜生、兵隊でもアメリカの奴らはクライスラーなんぞ持てるんだな」

とさもくやしそうに言ってから、改めて、

「相手は何ていう奴なんだ」

「車検には、何とか書いてあったけど、果してその黒人がそういう名前かどうかわからない」

「うむ、クライスラー。古い奴だから不正輸入とは関係ないだろうけど、ひょっとすると、これは何か犯罪に使われたものかもしれないぞ。あの車を使って、何か悪いことが行われた。犯人は何とかして車を、安全に捨てたいと思う。それと同時に代りに逃走用の車が欲しいと思って君の車を手に入れた。君は車を失ったばかりでなく事件にもまきこまれてうっかりすると……」

「待てよ」

ショウリ君はあわてた。

「黒人兵の指紋はいくらでも残ってるし、第一あんな赤い車は犯罪にはむかないよ」

「わかってるよ。今のは冗談さ」

と木村は笑って、

「だけど何かあるな。その車は盗品じゃないかな。とにかく、俺はどこかくさいと思うね。第一君も君だよ。名前も事情も何もしらずにそんなことをするなんて」

ショウリ君は、

「しかし君、名前などきいたってしかたがないじゃないか。名前なんかいくらでも嘘をつけるぜ。第一僕はどうも、あの黒人に限って嘘をつかないような気がするな」

「相変らずだな、君は」

二人は雑談を始めたが、ショウリ君は、流石に内心いくらか不安だった。父にもまだ金を払っていない車である。車の売買の世界は素人にわからぬほど、裏道があるときいているし、第一あの車を返してくれないからといって、この車を今すぐどうしたらいいというのだろう。

外のお天気模様がだんだん怪しくなって来た。黒い雲が出て、まるで、ショウリ君の心の暗澹とした状態をそのままあらわしているかのようである。人の気もしらず、木村は、

「僕は黒人が君の車を返しに来ない方に賭けるね」

そう意地悪くいわれるとショウリ君もむかっ腹がたった。

「僕は断然彼は返しに来ると思う」

「よし、じゃ千円賭けよう」

雨が降り出していた。

そろそろ、約束の時間も迫っている。

ショウリ君は木村を促してビヤホールを出た。道の前にとめてある車は哀れにも屋根がないから濡れっぱなしだ。

「ほう、風呂場のようになってるじゃないか」

まさに操縦席は木村の言うように風呂場であった。濡れるだろう。と木村は心配してくれるが、車ごと雨やどりをするところというものは案外ないものだ。それに果して黒人兵が約束の場所に来るか来ないかも気になるし、ショウリ君は濡れねずみになることを覚悟で、そこで木村と別れることにした。

約束の宮城前は、日曜日なので、どことなく車も少なくひっそりしている。見なれた自分の車も、黒人兵の姿もあたりには見えない。ショウリ君はその五分間を、雨にたたかれながら世にもみじめな思いで待った。こんなに不安で侘しいことはなかった。

やがて、突如として雨の中にヘッドライトの光が現われ、それがするすると、ショウリ君のところへ近寄って来た。

例の人なつっこい黒パンの顔が窓から現われ、澄んだ眼がショウリ君に笑いかけた。

「どうだった?」

「この車は僕にむかない」

ショウリ君は答えた。

「私もだ。この車は私の体には小さすぎる」

テメエの方が大きすぎるのだ、とショウリ君は思いながら、黒人兵のするように座席を立って、入れかわった。黒人兵は濡れねずみのショウリ君を見ながら、

「悪いことをした。屋根も一緒に貸すのを忘れていた」と謝った。

お人好しと一言で片づけてしまってはいけない。それがショウリ君が、他人を信じて、本当に木村との千円の賭けに勝利を収めた、記念すべき出来ごとである。

ふらふうぷ・えれじい

その日、「週刊事実」の記者、杉本譲は、社を出ると、ひとりで浅草のゆきつけのおでん屋の暖簾《のれん》をくぐった。それがいわば彼の最も具体的な楽しみの一つだった。ここで体と心のしこりを落して下宿へ帰るのである。

杉本は自分がもはや人生に何の夢も持っていないような気がした。彼は今までに、三つの出版社を遍歴して来た。自分で職場をかわったのではない。三つともつぶれて彼はその度にほうり出されてしまったのである。さすがに三つ目がだめになった時には、馴れて落ちついていた。出版界に限り、或る程度身を落してしまえば、どこででも食えることがわかったからである。

そこで彼は「週刊事実」に拾ってもらった。これは内外の暴露記事とセックス・犯罪などを売りものにしたインチキ雑誌で、義理にもいい就職口とは言えなかったけれど、彼は平気だった。幸いにして筆がたった。ハリウッドのドロシー・グレイという女優が離婚した、というたった三行の外電をもとにして、一時間半で、十五枚のニュース・ストーリーを書くなどというのは、いともたやすいことである。今まで三度の勤めに出ていたので、文壇人に顔もきいている。ゴシップを拾って来ることもうまい。専門のカメラマンほどではないにしても、どうやら使える程度の写真は、如何《いか》なる状況のもとにおいてもちゃんととってくるし、会社では、とにかく便利な人間ということになっていた。

杉本の入った会社は必ずつぶれる、というのが仲間うちの評判だったが、彼はそんなことには無頓着で「栄えるものは必ず衰える」ということを信じ始めていた。その証拠に、今まででいた会社は、どれも一時期大変もうけていたところである。たまたま揃いも揃って下り坂の時に、杉本が就職したに過ぎない。

彼はおでん屋の店へ入ると、いつも自分が坐ることにしている席が偶然あいていたのでそこに腰を下した。それは一番奥の腰かけで、便所に近いので少し臭いがしたが、人の出入りに関係はないし、ゆっくり落ちついていられるのである。

やがて彼は隣の席に一人の中年の男が坐っていて、目の前の自分の皿から、竹輪の切身をつまみ出して、それを箸でくるくるまわそうと弄んでいるのを見た。男はかなり酔っていた。

「フラフープですか」

杉本はいたずら気をおこして言った。

「いや、丸いものを見ると思い出しちゃってねえ。今年は人工衛星だの何だのって、丸いものの当り年だっていうけど、こちらには、ぜんぜん当りゃしないですよ」

男はこれだけを、かなり長い時間をかけてよろよろの発音で言った。彼の頬はこけ、三角眼も酔ってとろんとしていた。

十日程前、フラフープは、帝国ホテルで一般に公開された。それからの爆発的な人気は想像を絶したものだった。「週刊事実」でも、一頁トピックスの欄に既にフラフープの紹介を出した。

「つまり私は、早くやっていれば、今頃本当に一財産作っていましたよ」

「そんなに早く、フラフープのことを知ってたんですか」

杉本は言った。ちゅっと唇をすぼめて、猪口《ちょく》の中の酒を口の中に流しこんでから、相手は、

「春ですよ、あなた。春頃にあのG化学で、アメリカへ輸出するのに大量の注文をとったんです。偶然、私はやってみて、これはいける、と思った。小さい時からの経験で、遊び道具というものは、はやりすたりが激しかったですからね」

男が言うには、彼はまず家で、竹製のフラフープを作って、それをまわすことに練達した。近所の子供が喜んで借りに来た。子供の方が上達が早い位だった。つまりこれは、大人も子供も遊べるものなのだ。

最初の頃は、翌朝腹筋が痛くて、笑うとひびいてならなかった。——しかし次第に体の調子は爽快になり、腹が空いて飯が食えるようになった。

これは何とかして金を出してくれる相手を見つけて着手すべきだ、と考えて、彼はあちこちの知人にこの話をもちかけてみた。

「その頃はだめだったねえ。誰も相手にしてくれないし、中には後できくと、こっそり私の思いつきを盗んだ奴もいるんだからねえ」

男は顔立ちとしては貧相だったが、笑う時はひどく威勢よく、あっはっはと声をたてた。全くその時ほど自分に金のないのが怨めしいと思ったことはなかった。みすみすわかっている運をとり逃がしたのである。男は小さな自転車屋をやっているのだが、最近あまり景気がよくなくて、知人の間でも金の借りにくい立場にあった。

杉本はその日、相当に酔って下宿へ帰った。せめてものとりえは、どんなにぐでんぐでんになっても、レーンコートとか商売用のカメラとか、そういうものを決して置き忘れたりしないところである。杉本は酔えば酔うほど、人生に対して真面目に積極的になり、素面《しらふ》でいる時は怠け者であった。彼は酔うとやたらに写真をとる癖があり、その時に又、実によくピントの合った、いい構図を摑えるのであった。しかし勤めに出ている時の彼は、あまり有能ではなかった。気分にむらがあり、常に悲観的だった。皆が知りたがっているニュースには、常にお尻をむけて、ほかの問題をさがすような厄介なところがあった。

翌朝、彼は宿酔《ふつかよい》のぼんやりした頭で出社し、前日、三原恵子という女優の家でとってきたフィルムを現像にまわした。それはハリウッドあたりの真似をした、全くうんざりするような豪華な家で、その女優の頭の悪さを実に端的にあらわしているような気がした。酒に酔っているのでなければ、腹立たしさは杉本にとってかなり有効な活動の原動力になる。彼は相当量の写真をとってひきあげた筈《はず》だった。

しかしやがて現像が出来上ってきてみると、彼は一本のフィルムの端のところに、甚《はなは》だ不思議な写真を見つけた。煙草の煙がもうもうと渦をまいている中に、一人の頬のこけた男が大口を開けて笑っている。

「おい、杉ちゃんよ。何だその男は。三原の生みの親爺か」

現像をしてくれた写真部の男も、彼に声をかけた。

「いや、そうでもないらしい」

その男の写真は三枚あった。笑っているところと、箸で竹輪をまわしているところと、唇をつき出して酒をいじましそうにすすっているところである。

「何でそんなものをとったんだい！」

「俺にもわからねえな。これは飲み屋で隣にいた男なんだ」

「しようがねえなあ。あえてほめれば、そいつのマスクはいいね。典型的なサラリーマンの小心さとかなしさが出てるよ」

杉本は痛む頭をおさえこんだ。いつこの写真をとったのか、彼は全く記憶がないのである。

この男はフラフープの話をしていた。金を出す人間さえあれば、今頃はフラフープで一財産作っていた筈だ、と彼は言った……。全く金のもうからない奴に限って、いつもそういううまい話に気づいている。いや、気づいていたように言うものなのだ。

杉本がもう一度計らずも、その、飲み屋で、例の男に会ったのは、それから十日ばかりしてからのことだった。

「ひどく流行して来たじゃないですか」

町中は今やフラフープだらけだった。杉本はそれを見る度に、男のこと、人生にたえずつきまとう失敗、不運といったもののこと、を思って、味気ない気持になるのであった。

「ところが、あなた。ありがたいことに、私はバスに乗りおくれませんでしたよ」

男の言うところによると、彼はチャンスに恵まれたのであった。本物ではないが、塩化ビニール製の奴で、作り始めた。友人がたまたまその設備に都合のいい場所と手づるをもっていたので、彼は家を抵当に入れて金をかり、突貫作業で機械の補充をした。

「決断というのはつかんもんですなあ。三カ月位前に、こうして金を作りゃ、作れないことはなかったのに、その頃はまだ賭をする気にならないんだからね。女房も文句を言うだろうし」

男はもう一度、竹輪を箸でくるくるとまわした。

男がバスに乗りおくれなかった、ときいただけで、杉本の心からは、彼に対する親しみのようなものが薄れてしまった。こういう瞬間に、杉本はよく、くるりと後ろ向きに人生を考えるのであった。栄えるものはいつか必ず衰える……。

フラフープ・ブームもきっときっと近い将来に下火になる。それまでに、フラフープと運命を共にした男のことを、写真なりなんなりにとっておいたら面白かろう。フォト・ストーリーのような形で、人生泣き笑いの表情をとらえられるに違いない。

編集長はどういうかなあ、と杉本は考えた。編集長のことを思うと彼は気がむしゃくしゃして来るのであった。

「君、お上品なことを考えてちゃダメだぜ。売れるものを作るんだ。何とか理くつをこねる代りに、売れるような企画をしろ」

これが編集長の口癖であった。

フラフープと運命を共にした男の話などはあまり読者の興味をひきそうになかった。企画会議にもち出してみても、多分採用されないだろう。

杉本はばかばかしくなってのみ始めた。酔っぱらって、何が何だかわからないままに、カメラと合外套をひっつかんで下宿へ帰って来たのも、前と一緒だった。

杉本の予想はやはり当っていて、フラフープが下火になり出した時の話など、誰もとり上げてはくれなかった。それよりもさし当り、「大臣の夜の生活を覗く」というシリーズものの方が急ぎの仕事で、杉本も、某大臣の女関係を洗う方にまわされた。

しかし、飲み屋で会った男の印象はなかなか杉本の心から去らなかった。彼はフラフープに関する写真をそれとなくとり始めた。デパート、玩具屋から、放送局にも行って、芸能人がフラフープで遊んでいる場面をつかまえた。あの男の住所や名前をきいておかなかったのは、まことに迂闊《うかつ》だったが、杉本は何もあの男のフラフープ工場を写真にとらなくても、代りに、どこか別のメーカーをうつしておけばすむことだと思った。

秋雨の降るうすら寒い日に、彼は通りがかりの小さな町工場から、フラフープがどんどん運ばれて行く有様を目撃した。彼は名刺を出し、理由を話して、その風景を写させてもらうことにした。雨の中をついて出て行くトラックや、積込みの人々の間には、或る種の殺気のようなものまでただよっていた。

しかし或る瞬間、杉本のカメラのファインダーの中には、フラフープの山と、その包装に使った紙屑が雨にたたかれて濡れているだけで、只一人も人間が入らない時があった。勿論、その間にも、あたりには人の叫び声や自動車のエンジンの音や、そういったさまざまな喧騒が満ちてはいた。しかし写真には音はうつらない。雨に濡れたフラフープの山と人っ子一人いない工場の景色は、そのまま、フラフープ・ブームが凋落した時に、滞貨の山をかかえてあえいでいる町工場の悲しさを物語る絵になるのである。

杉本はもう一度、あの、飲み屋で会った男の大笑している写真をとり出して見た。思えばこれは貴重なスナップだった。外に、極《ご》く初期の頃、彼が金さえあればここで大当りをするのだが、と思いながら、竹の輪をまわしている場面が欲しかった。竹の輪と、おでん屋で竹輪を箸でまわしている図とひっかけるのである。今度会ったら、俳優になった気で、竹の輪をまわしてくれるように頼もう、と杉本は思った。

笑いがとまらないほど売れた時期がすぎて、十一月の下旬になって、もう一度、杉本は男をおでん屋で見かけた。

「どうです」

杉本はいつものように隣に席を占めた。

「ひどいもんですよ。作りすぎちゃってね」

杉本は嬉しさで身内がぞくぞくして来た。編集者というものは、屍肉《しにく》にたかるハイエナのような冷酷なものである。常に社会の敗残者をあさる心がけがいるのだ。

男の話によると、確かにバスに乗りおくれはしなかったのだが、本当に乗ったというよりもステップにぶら下った、という感じだった。それからしばらくはバスと一緒につれて行ってもらったが、ようやく本当に中まで体が入った時には、バスは回送車になっていて、乗車賃だけ無駄にしたようなものだ、というのである。

「何かあれを利用する方法はないですかねえ」

「そいつは漫画家に考えさせた方がいいな」

杉本はこうなると相手に無残だった。最初からバスに乗りおくれた人間には、人間的な親しみがもてるというものだが、ステップにせよ、ブラ下って走った奴は、もう同情する余地がない。

「それよりか、僕は実はこういう商売をしてる者ですけどねえ」

杉本はそう言って名刺を出した。

「あなたのフラフープ商売の顚末《てんまつ》を記事と写真にしたいんですよ」

相手はとろんとした目つきで、杉本を見た。

「いいですよ。全く惜しいことをしたんだから、あれで早く決断がついていさえすりゃ……」

男はその晩、いつもよりもっとひどく酔っているようだった。やがて、彼はよたよたしながら便所に行った。杉本は何分も待っていたが、彼はなかなか席にもどってこなかった。待ち切れなくなって、便所まで見に行くと、誰もいない。そこらへんにいた小娘にきくと、そういう方なら裏口の方から、さっきお帰りになりました、という。おでん屋では彼の名前も職業も知らなかった。ただ、ごくたまにみえるお客さんだという程度の印象しかなかった。

逃げられた、と思いながら、杉本はその真相をつかめなかった。一たん写真の件も承知しながら、よく考えてみると、自分の私生活を覗かれるのがいやになって、あの男が雲がくれをしてしまった、と考えるよりほかない。

皮肉なもので、その翌日、彼は編集長に呼びとめられた。

「杉本君、あのフラフープで損をした男はどうなった」

杉本は嫌気がさして来た。

「編集長が気のり薄らしいから、途中で放棄してしまったんです」

「もう一回材料を揃えてくれんかね。失敗した人間の身上話をきくのは皆好きだからね。派手じゃないけど、読者がついて来ると思うんだ」

この編集長に羞恥心というものは皆無であった。彼こそはハイエナの中の王者だった。杉本は頭を垂れた。

「な、揃えてくれよ」

「はあ」

杉本はその日から、おでん屋に通うことにした。三日目には、さつまあげや、こんにゃくの顔を見るのもいやな気がした。編集長には、なげやりなことを言ったが、本当を言うと、材料はもういつでも揃っているのだった。ただ、もう一度男に会ってまとまった話をきき、ブームが去ったあとの悄然とした表情を一枚とりさえすれば、このフォト・ストーリーは完結するところまで来ている。思えば、いつも人生に対して後ろ向きの姿勢をしているとは言え、ブームがおこるや否や、その衰退を的確に予測した自分である。杉本は得意だった。

五日目のことであった。遂に杉本は、例の男が黒っぽいオーバーを着て入口を入って来るのを見た。彼は杉本を見て一瞬はっとしたようだった。今日の彼は素面で、別人のようにいじけた表情をしていた。

「こないだはひどいなあ。黙って逃げるなんて君ひどいですよ」

男は黙って居心地悪そうに杉本の傍《そば》へ坐った。

「どうしました。フラフープの利用法を思いつきましたか」

「こないだ、私の写真をとらせてくれ、とおっしゃったでしょう」

男は杉本の問いには答えずに言った。

「ええ、今日もそのことで是非はっきりしたお約束をしたいと思って来たんです」

「すみませんでした。実はあれは全部嘘なんですよ」

「嘘？」

「どうも、いつも飲むと景気のいいことを言っちまって。ああいう人が、どこかに必ず一人位はいるだろうと思ったんです」

「でも自転車の商売をやってはいられるんでしょう」

「いや違うんです」

男は木名瀬といい、T区役所の戸籍係であった。

「じゃ、フラフープは」

杉本はがっくりとカウンターに体をもたせかけながらきいた。

「話をきくだけで、うちで買ったこともないんです」


「編集長、あれはダメですよ」

翌日、杉本は出社すると、吐きだすようにそう言った。

「どうしてダメなんだ」

杉本は一部始終を語った。

「春頃からフープがはやるだろう、ということを知人にきいて知ってはいたらしいんですけど、僕に喋《しゃべ》ったことは全部、奴の夢想なんですよ。畜生」

「そいつは、しかし面白いじゃないか。それでゆこう。どっちみち仮名を使うんだから、その男を改めてモデルに頼むんだ。貧相な点では、実にいい顔をしてるそうじゃないか」

杉本は木名瀬の名刺を探し出し、改めてモデルになってもらいたい、と頼んだ。

その翌日は雨であった。

「素面で殊に意識するようになったら、よくとれるかどうか、俺は知らねえよ」

杉本は同行のカメラマンに言った。

二人は浅草の駅前で、木名瀬と会い、隅田川の川べりで、最初の写真をとった。

「ぼんやりと、心配ごとがあるような顔をして歩いて下さい」

しかしそう言われても、木名瀬は緊張して歩いていた。

「大丈夫か?」

杉本はカメラマンに囁いた。

「堅くなってるなあ」

カメラマンは囁き返した。

「大丈夫だよ。生地《きじ》のままでも結構、心配ごとがあるように見えらあ」

どんよりと寒い曇り日だった。団平船が連なってゆっくりと川を下って行った。何も無理に作らなくても、日本には悲しげな顔や、悲しげな風景ならばいくらでもころがっているのだった。

「じゃ、用意はいいですか。そっちから考えごとをしているようなふりをしてゆっくり歩いて来て下さい」

木名瀬は歩いていた。カメラマンは何回か手早くシャッターを切った。これで一人の男がフラフープと盛衰を共にした写真物語は出来上ったのであった。

「杉本さん、この写真はいつ本になりますか」

木名瀬は杉本に尋ねた。楽しみにしているらしい風情であった。

変身

私立老人ホーム清光園の事務所からは、伊豆の海が大パノラマのように見える。躍りあがるような蒼さのどこかに、漁船の影を浮べた暖かい表情の海であった。

千早竜太郎は、園の主事であった。園長は、私財一億円をなげ出して、この老人ホームを作った故M工業社長の未亡人だが、それは名目だけで、実際はかつて社長の秘書であった千早が管理を一任されている。

事務室の若い娘が「お早ようございます」と挨拶すると、千早は、早速クリップでとめた入園申込用紙をとりあげながら、優しく、

「今日、松田カナさんが着いたら、知らせて欲しいと思ってね」

と低くよく通る声で言った。

「朝早くですか?」

「汽車の時間によっては早いかも知れない。それに、早くいらっしゃい、と言ったんだ。夕

方来ると淋しいからね。門のところで別れるにしても昼前後までなら、何となくあたりがざわざわしてて賑やかでいいから」

「息子さんがつきそって来ますか？」

「多分ね。では頼みますよ」

部屋の準備はすでにできている筈《はず》だった。千早は、その脚で、一階の六十六号室へまわって見た。西向きの四畳半に、半間の押し入れがついている。一月前までここにいた老人は、急に一日中泣き通しに泣き始め、伊東の病院の神経科に移されたのである。

まだ朝早いから、西側のこの部屋は、すぐ窓の傍《そば》に迫った低い石垣と、一段高くなった向うにある菜園の一部とさらにその向うの天城連山の一部を微かに見通しながら、青い陽かげの中にみずみずしく静まりかえっている。けれど、病人のでた後の陰惨さはどこにもなかったし、千早は、西向きの部屋のよさも、また十分に知っているのだった。

西陽のさしこむ部屋は、虚無的になりそうな夕方の淋しさを救ってくれる。冬はおそくまで明るく暖かい。千早は、今までにもう三百人以上もの老人たちを扱ってきた。清光園は、亡くなった創立者の意志で、不幸な境遇の人たちを、千早の判断で、優先的に扱うことが暗黙のうちに許されて来た。家庭で居場所を失った老人が多いのが特徴である。農家の納屋におしこまれて糞便だらけになっていた老人もいる。一人息子を失った盲目の老女もいた。その意味では、今日、入って来る松田カナなど、まだしもましな方かも知れなかった。

松田カナには、写真機の部品の卸をする商事会社の社長をしている息子がいる。従業員を八人やとい、年間純益が三千万、という話だった。ここへ入って来てからも、腰巻きからハブラシまで支給しなければいけないような境遇の老人たちと比べれば、雲泥の差である。千早は、松田カナが一人息子につきそわれてここへやって来た時のことを思い出した。千早には着物のことなどわからないが、銀糸の入ったお召に鶴の模様を織り出した帯をしめて、端然としている。

事情を説明したのは、息子の松田順之助であった。順之助は三十九になるが今は独身であった。その故か、まだ体つきは小児型でやせている。五年前に結婚したが、一年もたたないうちに、嫁さんがカナとの同居をきらって、とび出してしまったのである。もっとも、嫁さんとの間のいざこざはもうかなり忘れた。最後の頃は、カナの咳払いを聞くだけで嫁がぞっとするようになったということだけ覚えている。「私をとるかお母さんをとるか」と迫られて、その時順之助は母をとったのである。

今、順之助自身が母と別居することも考えていたが、カナはそれを承知しないのであった。私を捨てる気なら、東北の山奥でも、三原山でも、熱海の錦ケ浦でも、どこへでも、ひと思いに死ねるところへ捨てろ、という。そんなことを言わないで、温泉のでるような小さな家にでも住んでほしい、家の準備は全部するから、と言っても、そんなところへ連れて行ったが最後、飢死にして自殺してやる、という返事である。

松田カナはもともと、亡くなった夫と共に戦前は神田で乾物商を営んで来たのであった。夫が病弱だったので、仕入れからやとい人の面倒まで、ひとりでとりしきって来たのはカナだったのである。

空襲で、家を焼かれ、逃げる時に離れ離れになった夫が焼死体になって発見されると、さしもの女丈夫のカナも、気が抜けたようになり、前橋の実家で、半年ばかり寝たり起きたりの生活をした。

しかしカナは、息子運に恵まれたと、他人にも言われ、自分もそう思っていた。順之助は兵隊から帰って来ると、食物もろくにない東京へでて、進駐軍に勤めたり、闇屋のようなことをやったりした挙句、機械いじりが好きだったので、カメラマンになろうか、写真器材屋を開こうか、と考えた末、知り合った友人と二人で部品をメーカーへ卸す下うけ業を始めたのであった。

順之助がまだ、本郷の露路裏の小さなバラック一間を借りて、仕事をし始めた頃は、しっかり者のカナも田舎から上京して、息子と事業提携者の友人のために、食事の仕度をし、電話番をし、伝票の整理をひき受けて、働きもののおっ母さんとして過した。しかし、仕事の基礎が固まり、事務所も大きくなった上、丁度、その頃、一緒に仕事を始めた友人が飲屋の二階から落ちて死ぬ、という信じられないような事故があって、順之助が社長として一人で実権を握るようになると、社長の母親としてのカナが、便所掃除から、下職にお茶をだすこともはばかられ、その時から二人の不幸は始まったのであった。

カナはまだ体力的にも、精神的にも、自分の老いを自覚していない。できれば、昔のように、店の若いものに、うどんを煮て食べさせたり、一緒にお茶を飲んで世間話をし、電話にもでたいのである。

ところが順之助にすれば、世間態を考えても、母親には、楽隠居《らくいんきょ》の恰好をしていてもらいたいのであった。社長の母親がかっぽう着姿で店先に現れて、伝法《でんぽう》な言葉つきで社員たちと喋《しゃべ》りちらすのは、創業期の会社には活気があっていい光景ではあっても、今となっては、何となく品位を落しそうにも思われる。母がいつまでも健康で動きまわってもらいたいのはやまやまだが、会社の電話にでられて、カナの一存で命令を下されたりすると、社長と母堂とどちらの意見に従ったらいいのかととまどう社員もでて来る。

カナは健康な老人がよくそうであるように、最近は耳が遠くなっていた。何よりも電話が聞きにくい。自分がすすんででた電話であっても、相手の言葉が聞えないから、じれて荒々しい言葉つきになったりする。するとかけて来た方も、あんな耳の遠い婆さんではなく、もっと話のわかるのをだせ、ということになる。

そういったとるに足らないことが度重なると、つい順之助もかっとなるのだった。幸いに、金の余裕はできたのだから、友達とでも、温泉に行ったり、稽古ごとをしたり、芝居を見に行ったりしてくれ、と言っても、カナはきかなかった。

「昔のことを考えてごらんよ。これだけ金が溜ったのも、みんな二人が地道に働いて来たからじゃないか。私はどんなに年とっても、そんなぜい沢はできないね。また、しても楽しくないから同じことだよ。私は働いていれば楽しいの。この店にはまだいくらでも私がやることはあるじゃないか」

それは事実であった。カナに手を下させないために、順之助は年輩の家政婦を置いたが、カナが少し見張りを弛《ゆる》めると、台所も勝手口も、店の前も、てきめんにゴミだらけになる。カナがいる限り、毎朝、人の起き出さないうちに、事務所の外はきれいになるし、台所はいつも磨きたてられて、隅々までピカピカしている。しかし、そこにお茶をわかしに来る女事務員はカナの目をうっとうしがる。自分は旭商会という会社に勤めているのであって、社長の母親に気にいられるように台所を拭きこんでおかなければならない義務はまったくない、という言い方をする。

カナにとってみれば、社員であろうがなかろうが、僅かの心配りさえあれば、台所をきれいにしておくことくらい、決してむずかしいことではない。ガスをつけたマッチを空きコップの中にきちんと入れる癖をつけさえすれば、マッチ棒が流しに散乱することはあり得ないのだ。けれど、若い女事務員は、お茶汲みをさせられるのさえ気にくわない。その上、マッチ棒のことまでこやかましく言われては、とても勤まりません、と気が強い。するとカナは、そんな事務員はさっさとクビにした方が会社のためだ、という。

順之助にしてみれば、その事務員に必ずしも満足していないまでも、せっかく、何か月か仕事に馴れたものを、マッチ棒一本でとり換えることはできない、と思うのである。店の者のことだけは目をつぶっていてくれ、と言っても、カナは目にふれるところに、そういう気がきかない不誠実な人間がいることは、とうてい我慢がならない、と言う。

順之助は、母親と会社を分離させることだと思って、厚い板戸で仕切った二階の離れを造築し、そこに小さな炊事場から浴室、電話まで母親専用のものを備えつけた。

しかしそれでもなお問題は解決しなかったのである。

旭商会には、住みこみの店員が二人いる。順之助がまた再婚でもすれば、一つ家の中に従業員がいられるのもうっとうしいから、いずれは、社宅とはいかないまでも、部屋を貸してやって、従業員宿舎の設備ありということにしなければいけないと考えていたが、さし当りは、店員を住み込みにさせた方が、株式会社とは言っても個人商店同様の店には、便利だったのである。

店員たちの楽しみは麻雀《マージャン》であった。夕食後すぐ始めて、時とすると、十二時をすぎて、二時、三時になるまでやっている。順之助も麻雀は嫌いではなかった。店員に、「社長どうです」と誘われれば、つい入ってやりたいようにも思う。一緒に麻雀をすることが温情だなどと簡単に言えないけれど、従業員との結びつきには、酒を飲むことも、麻雀をすることも含まれているかも知れない。それに正直なところ、四十に近く独身でいると、母親とさしむかいでいるより、店の若い者と麻雀でもしていた方がまだしも気が紛れる。誘われる度にとは言わないが、三度に一度は仲間に入ってやってもいいというのが順之助の考え方であった。

しかしカナは、それがいやなのであった。店の者も、十時になったら寝るべきだという。翌日の労働にさしつかえないためには、確かに早く寝させるにこしたことはないが、自由時間に、多少ねむいのを我慢しても遊びたいという若い者を、「十時には寝ろ」と命令するのも酷《こく》である。しかしカナの神経にとって、麻雀は、仕事や家庭を亡《ほろ》ぼすものであった。麻雀に夢中になるようでいて、いい仕事ができる筈はない、という。賭事につながる麻雀は、カナには許しがたい堕落なのである。

そうなると階下の微かな牌《パイ》の音もカナの神経を苛立てた。順之助は寝つきにくくなっている母親に聞えないように、麻雀台を階下の茶の間から、わざわざ店先にゴザを敷いてその上に移させたりしたが、それでもあのシャワシャワという音は、微細な空間を伝ってカナの耳に響いた。かくれてやっている、と思うと、カナはますます許せなかった。

店員と一緒になって遊んでいて、仕事がうまく行くと思うか、というカナの言い分と、麻雀くらい認めないようでいて、人を使えるかという順之助とが真向うからぶつかる。収拾がつかなくなると、親戚の田無《たなし》の叔母さんという人が仲裁に入った。しかし一時のことで、会社の仕事には母親を立ちいらせまいとする順之助と、仕事の世界から疎外されたら生きる目的がない、という母親との間に争いがくり返されて、二人とも次第にむっつりと口をきかなくなった。

その状態が一年近く続いて、今年の春頃、初めて順之助は一人で、清光園を訪ねて来たのだった。

清光園は問題のある家庭の老人を、その事情次第によって預かってくれるという話だが、その事情というのは、経済的に苦しい場合だけをいうのだろうか。六畳に姑と夫婦と子供三人がいるというようなケースが優先するというのなら、専用の居住ブロックを持つ自分の母などをとうてい看《み》ていただきたいなどとは言えない。しかし、別居するくらいなら自殺するという母親へ、有料の老人ホームへただ入れてみたところで、とても安心して置くことはできない。けれど清光園では、どんな形の問題でも相談にのって下さるという話を聞いたので、恥をしのんで御相談にあがりました、と順之助は言った。

「あなたは、お母さんを、子供のように、あしらわなければいけませんよ」

千早は順之助の話をきくとその時言ったのであった。

「私が昔中学の漢文の時に習った言葉で、今でも心に残っているのがありますよ。誰の言葉だか著者はよくわからないが《少年にして高科にのぼる。これ不幸のはじめなり》というのがありましたがね。高科にのぼるというのは、官吏の登用試験に受かることですがね。あなたも若くして出世されすぎたのかも知れないな。あなたがその年になられても、何かというと親に金をかりに来るようであった方がお母さんは幸福だったかも知れないですよ」

千早はこの親子が今でも、乾物屋の店をやっている有様を思い描いてもみた。息子が社長になどならなかったら、母親は文句を言いながら未だに、四十に近い息子を、子供として、その管轄下におけたのだ。息子の成功が母親にとっての第一の不幸の原因であった。

しかし、よさと悪さは、常にないまぜになっている縄のようなものだというのは本当らしい。千早自身が四十の時、腎臓病をこじらせて慢性になった。一生、こわれものの体だという人もいる。四十の時、社長が脳溢血で倒れた。老人ホームの構想はそれから三年間の病床の生活の中で社長の頭にまとめられたようである。社長は、夫人に愛されていなかった。看護婦はついていたが、しみじみと老年の淋しさを自覚したのだろう。自分もできれば入るつもりの養老院であった。その相談にのっている千早は、会社へ行かずに社長の傍につきそって、出世の道を見失ったようであった。

ひとはそれを不運だというだろう。しかし負け惜しみでなく、千早は、自分で今もなおM工業の本社に通っている姿を想像するとぞっとするのである。先日久しぶりで東京へでて見ると、高速道路はいきなり、見覚えのある会社のビルの脇を斜にかすめて、まだ東京にかつてなかった空間へと千早を運んだ。その瞬間、会社のビルの窓が、牢獄の格子に見えた。

もちろん千早の中に、人生の脱落者の思いがまったくないと言ったらそれは嘘になる。しかし今、千早はしみじみと、人間の一生を見つめて、さわやかな海辺の朝夕を迎え送っていた。それにはそれなりのささやかな平和と悲しみがある。それでいいのであった。何か自分で決めた目的に到達しなければ失敗だったと思いつめることはない。

だからこそ千早は、松田母子の相談を、それほど重大なものには思わなかった。食えるなら文句はないというのではない。息子がどのようになろうと、松田カナにとっては恐らく何らかの不満と満足とがつきまとうのである。そして松田カナは息子がとつとつと事情を説明している間、自分には別の考えがあり、もうどうなってもいいというように白々とした表情で、一言も喋らずに、じっと椅子に坐って外の陽ざしに目をむけたきりであった。


千早は、三時少し過ぎに、自室にいるところで、松田親子が来たことを知らされた。

「よかった」

と千早は知らせに来た事務員に笑って見せた。

「お母さんは落ちついている？」

「黒い羽織を着て、きちんとした人です」

「泣いたりしていない？」

「いいえ、何だか薄ら笑いをしています」

千早は、松田カナの心を覗いたような気がしながら、応接室におもむいた。

「いよいよお願いすることになりました。どうぞよろしく」

順之助の言葉に「お待ちしてましたよ」

と千早が言うと、カナは黙って頭をさげた。

「すぐ中を御案内しましょう」

千早は言った。この前松田カナはここへ来る意志はないのだから、と言って、園内の見学をするのを拒否した。その母を、どうやって説得して、ここまで連れて来たのか。順之助も大変だったろう、と、千早は思いながら、言いそえた。

「何か御不自由なことがあれば、できるだけ御希望にそいたいと思いますしね。電気毛布は持って来られました？」

千早は順之助に尋ねた。暖房の心配をして、電気毛布を持たしてもいいだろうか、と順之助がきいていたからだった。

「はあ、持ってまいりました」

「お母さん、何かこれだけはなくては困るというものがおありですか」

千早がきくと、カナははっきりと冷笑を浮べた。

「いいえ、何も期待していませんから。たとえどんな理由があろうと、私は今日限り棄てられたんだと思ってます」

「まあ、どんなにお思いになろうと、それはお母さんの御自由ですけどね。御子息さんはやはりあなたのことを心配して、私に相談に来て下さったんだ。棄てるつもりなら、何もここまで、私を訪ねてはいらっしゃらないでしょうし、棄てられる人を相手に、ここの創立者も、これだけの建物を建てたんじゃないと思いますよ」

千早は穏かに言った。

「とにかく、早速、部屋を御案内しましょう。途中、お風呂や食堂もごらんになって下さい」

冬の陽がそろそろ長く、廊下にさしこんでいた。千早の恐れていた時間であった。この透明で、しかも燃え上る夕陽の時間は、人間の感情の振巾を増大させる。千早は人間の感情の本質を、この頃、あまり信じなくなっていた。それが執着であれ、憎しみであれ、その本当の根の深さと自覚の度合いとは別なのである。そしてその不安な感情は野性の動物のように単純な外界の刺激によって、きつくなったり弱められたりする。

「荷物はもう着いていますでしょうか。トラック便で出しておいたのですが」

順之助が尋ねた。

「寝具と茶ダンスでしたかは、着いています。今日、持ってこられたのは？」

「今日はトランクと風呂敷包みが一つだけです」

「事務所の者に運ばせましょう」

千早は、事務室に声をかけて、荷物を先に持って行くように命じた。

「ここが食堂です」

カウンターの上に、洗いあげられたコップがきらきら光っている。その輝きさえも、初めて見た人には一種の圧迫感を伴うということを、千早は聞いたことがあった。彼はそれを体でかくすようにしながら、親子の視線を海の方へ向けるようにした。

「初めは、椅子で御飯をあがるということに抵抗を覚える方もあるらしいんですがね。三日も経たないうちに、この方が折目正しいし、膝の屈折の不自由な方なんか喜ばれますね」

「席は決まっているんですか？」

順之助が尋ねた。

「今晩、皆さんに御紹介すれば、もうすぐ自分たちのテーブルへ来いといって大騒ぎされますよ。しかし仲の良い方ができれば、その方と並んで席について下さっていいんです」

その次は風呂場だった。婦人用の浴室からは話し声がしたので、千早はがらんと人気《ひとけ》のない男子用の脱衣場に入って行った。温泉は浴槽の縁から溢れ、小波になって音をたてながら、クリーム色のタイルの床を洗っていた。

「お母さんはお風呂はお好きですか」

「はい、好きです」

カナはまだつき放した微笑を浮べながら答えた。

「いつでも、お入りになっていいんですよ。御婦人用は、向う側にこれとおんなじ大きさのがありますから。ちょっとした温泉旅館並みでしょう」

「そうですねえ」

「ここのお湯は石けんが溶けますか?」

順之助は話をとぎらせまい、としていた。

「溶けますよ。髪洗いなんかもザブザブできます。飲む方もいますよ。私は、いただくなら、やはり体には少々悪くともコーヒーかウイスキーにすると言ってるんですがねえ」

母子は笑った。しかしその笑いの中に、千早はある不安を感じた。母と息子はさっきから、一度でも、おたがいの言葉を交《まじわ》したろうか。喋ってはいるが、それは、めいめいが千早に向って喋りかけているだけに過ぎない。

千早は長い廊下を気重く、しかし外見だけは快活さを失わないようにつとめながら歩いた。六十六号室の入口に、荷物を運び終った事務員が待っている。千早は「ここです、さあ、どうぞ」というと、わざとむっつりと先着の荷物が不安定に散らかっている部屋の中に突っ立ったままでいた。

「明るい部屋ですね」

順之助が千早に言ったが、彼はわざとうなずいただけであった。

「届いたお蒲団《ふとん》はこちらに入れておきましたからね。それから今日のお荷物お入れになるんでしたらお手伝いしましょうか」

事務員の娘が言っている。

「いいえ、結構です。ぼつぼつやりますから。私は体がきくんですけど、何も仕事がないんですから。どうかほっておいて下さい」

カナの皮肉な口調をわざと無視するように、突然、順之助が声をあげた。

「富士は見えますか」

「いや、ちょっとのところで見えないんですよ」

千早は順之助の顔を見つめながら言った。彼が実は富士山が見えるか見えないかなどということを、ほとんど気にしていないことは見えすいていた。ただ彼も黙っているのが恐く辛《つら》いのであった。

「庭や菜園も御案内しますかな?」

千早は言った。

「お母さんは、野菜や花作りはお嫌いですか」

「戦争中、畑仕事をしましたけど楽しいですねえ」

カナは少しも楽しくなさそうに言った。

「決して無理にお願いするわけじゃないけど、よかったら、菜園のお手伝いをして下さってもいいんですよ。ここにも好きな方が二、三人いてね、御飯の度に、ホーム中の人に自分が野菜を食べさせてやってるような気になるそうですよ。こちらは時々、ホメなけりゃならんので大変ですがね」

また、二人は笑った。しかしその笑い声が、却って心を凍らせるのも、前と同じだった。

庭へでるためにもと来た廊下を戻りながら、千早は、順之助に小声で言った。

「帰るまでにね、お母さんと優しくね言葉をお交しなさい。その声が、耳に残っている限り、親は思いつめたりしないもんですよ」

庭にでると冷たい風があった。カナの白髪まじりの髪が散り、順之助はズボンのポケットに両手をつっこんだ。千早は先に立って庭の小径《こみち》を歩き始めた。

庭には芝生があり、その間に、煉瓦を敷きつめた細い道があった。その道の先は海にとけこんでいる。光と風のこもごもに立ちこめる空間であった。

千早は、体中を耳にして歩いた。西風が吹きすぎる。後ろの二人は無言であった。今、何か言えばいいのだ。言うことはいくらでもあるではないか。「お母さん、寒くないか?」と、たった一言、それを言えばいいのではないか。

千早は後ろをふり向いた。すぐ後ろに、虚ろな表情を見せた順之助が背中を丸くして続いている。カナは最後だった。

「お母さん」

千早は軽く立ち停って尋ねた。

「寒くはないですか?」

「いいえ、大丈夫です」

「ショールを持っているんならおかけなさい。ここは西風が強いんです」

千早はカナに近づき、黒いモヘヤのショールでその肩を覆った。順之助は何気なく、先頭にたち、肩を落して海を見ながら、二人の会話が聞えないような顔をしていた。

「菜園のところまで下りると、西風が当らなくて、あったかになるんですがね。蜜柑《みかん》畑も少々あるんです」

「いいえ、気持ちのいい風ですよ」

「お母さんは東京の方ですか?」

「いいえ、前橋なんですよ」

「前橋なら空ッ風には馴れておられるな。ここはめったに雪は降らないんです。天城だけは降りますが、ここはあったかですよ」

千早はそれから何気なくつけ加えた。

「順之助さんも、お母さんのことを、あれで心配していられるのですからね。却って離れて仲よくできるということもあると思いますよ」

カナは何か、自分とは無関係な話を聞かされているように、きょとんとした目つきで、聞いていた。

「たとえ、今までどんなことがあっても、二人は本質的に相手を好きなんだ。だから今日は明るく話し合って、これから息子さんのお休みごとに、どこかへ揃って遊びに行くようにしたらいいですよ」

カナは目をそらせた。千早は微笑をくずさずに、寒風に顔をさらしながら歩いた。千早はこんなふうにして、人生のこの一刻一刻の苦しく重い、どうしようもない時間の累積を嚙《か》みしめて歩くことに、最近は馴れていた。

「ここが菜園なんです」

千早がそういうと母子はそれぞれに違った方角の畑の一隅を見つめた。できが悪いのか、それとも、まだ幼いのか、小さな日本葱《ねぎ》が黒い土に抱かれて、葉の先っぽをゆらせている。

「新しい野菜はいいですね」

順之助は呟いた。外の陽の光で見ると、彼は蒼黒い不健康な肌の色をしていた。

「私も、新鮮な野菜の信者なんですよ。女房に笑われますけどね、新しい野菜をまだ生命の残っていそうなうちに食べると、ガンになんかならないような気がするんですよ。いささか迷信みたいなところもありますがね」

菜園の下には自動車道路があり、すぐその向うは磯だった。菜園は道のどんづまりであった。三人は誰いうともなく、踵《きびす》を返した。柔らかい土の感触までも、却って心臓の傷のありかを胸の中にいたいたしく感じさせる。千早は親子の影を長く胸のあたりにまで受けて歩いた。

「この上が蜜柑畑です」といってみても、もう何の反応もなかった。「あ、実がなっていますね」と言ってみたところで、もうその次の瞬間の虚ろさを想像するからだろう。

千早は来た道とはちがった石段を上るように指示した。枯れた秋草を踏み、園の前庭に出るために小さな松林を抜ける。わざと千早は黙っていた。夏のうちは蟬しぐれの道であった。今は虫の声もない。颯々とした、初冬の風の音ばかりである。

順之助は歩きながら梢《こずえ》を見あげている。カナは一生懸命に、松の根の浮き上った足許の土を見つめて足を運んだ。どちらもまだおし黙っている。千早は一刻一刻が逃げて行くように感じた。

カナは微かに息を切らしている。「ひっぱってあげましょうか」と千早が言おうとした時、三人はすでに平地にでていた。

「では、私はこれで失礼します」

順之助が千早に言った。低い声ではあったが、彼はついにその言葉を口にしたのであった。玄関の前に国産の黒い車が停っている。自分で運転して来たものらしい。

「そうですか。よかったら、夕食でもあがってゆっくりしていらっしゃい」

「いや、まだ帰っていろいろ仕事がありますから」

「そうですか」

「どうぞ、よろしくお願いします」

「大丈夫ですよ。すぐ馴れられますよ」

「必要なものがでて来たら、お知らせ下さったらすぐ届けますから」

千早は頷いた。

雀の群が、頭上の金色の夕焼空へ横切って渡る。さくさくと砂利を踏んで、順之助は広場を遠ざかって行った。カナは立ち停ってその後ろ姿を見守っている。カナの体全体が、今にも息子に追いすがり、その足許に、憐れみを乞うために身をなげかけそうであった。

しかし、順之助はその母親の粘っこい視線からのがれるように車にとびこむと、カナの心をはじき返すような音をたててドアを閉めた。エンジンが動き始めてから、彼はこちらに向って手をふった。千早は大きく手をあげて見せた。順之助の手と視線が、その時になっても、まだ千早にだけ向けられていることを知っていたからであった。

車が走り出す。それは逃げて行く順之助の姿勢を思わせた。

「お母さん」

千早は言った。

「はい」

カナの眼は乾いて無表情だった。

「うちへ入りましょう。寒いから」

「順之助はもう戻りませんねえ」

突然カナは、そう言った。

「そんなことはありませんよ、二人でどこかへ遊びに行っていらっしゃい」

「いいえ、あの子は帰って来ませんよ。もう二度と顔を見せに来ないと思いますよ。あの子は私を忘れたんですよ。忘れれば気持ちがいいですよ」

「そんなばかなことはありませんよ。そんなら賭けましょうか」

千早は、カナの手をとった。時々千早は、こういう親切をしては、園内の老人に、スキャンダルめいた噂を立てられていることも知っていた。しかし、千早はそのような、情緒の入りこむスキのない絶体絶命の時にしか、このような素朴な助けをひとに与えようとは思わなかった。

千早が、カナの手をとった時、その冷たい小さな骨ばった手は、捕えられた雀のようにふるえていた。

松田カナが周囲に馴れたのではないかと千早が感じたのは、入園後、三日ばかりした時である。

カナが食事をとりながら笑っているのを千早は通りがかりに見かけた。その日の夕方、千早は何気なくカナの部屋を訪ねた。小さな茶ダンスには茶道具や人形も飾られ、カナがその部屋に馴染《なじ》んだことを示していたが、さらに一枚の古い写真が木の写真立てに入れて置かれているのを見ると、千早は手にとって見ながら尋ねたのであった。

「松田さんの若い時の写真ですね」

「はい、そうです」

「これは順之助さんかな?」

坊主刈りの子供が、松田カナの膝の上で笑っていた。

「そうです」

「似ているな。すぐわかる。これは小学校、五年くらいだろうか」

「四年なんです。あの子は四年まで、私と一緒に寝ていたんですから……」

「甘ったれだったんだな」

「もっと小さい時は、おっぱいをいじらなきゃ寝つかなかったんです。けれどおっぱいを禁じたら、私の耳たぶをつまみながら寝るようになって、それも困りましたよ」

「なるほど、おっぱいと耳たぶと似てるかも知れませんね、さわった感じが……」

千早は話しながら、松田カナに、自分がいつも感じていることを言おうか、言うまいか考えていた。松田カナの耳たぶをいじりながら眠った子供の順之助は、すでにはるか昔に死んでいるのだった。それと同時に、順之助にとって、いつも保護者であった母も、何年か前に亡くなったのであった。今、親と子は、別の人間になっているにもかかわらず、過去の記憶をたよりに、相手はいつまでも変らないものと思いこんでいるのだった。母はいつでも自分より考え深い力強いものであった。しかし現実は違っていた。母は衰え、息子は自分自身の世界を持っている。そのために親子は両方とも、相手の変身を驚き悲しみ、そして怒るより他はなかった。

しかし千早はついに、その日は何も言わなかった。

一週間目に、カナが日曜の夜の集まりで、小唄を歌ったということを、千早は聞いた。しかし順之助からは何の音沙汰もなかった。

十五日目に、カナは、同じ園内の、昔寄席《よせ》芸人だったという男と、こっそり蜜柑畑を散歩した。もっともそれは園の事務員に一部始終を見られていた。

その夜半すぎ、別棟になっている千早の家に東京から電話があった。松田順之助が首を吊って死んだという知らせであった。

「あの時、先生から、母に言葉をかけろ、と囁いて頂きましたのに、ついに私のかたくなな る心は最後まで母を許しませんでした。私は、自分を許せません。私は母一人も満足に生かし切れなかった男です。私は自分の、冷酷さと卑怯さと、天涯孤独であるという思いにあの日以来さいなまれつづけました。

手形に追われていたことは、むしろ、今となっては小さな苦しみに思われます。女々しいと思われるかも知れませんが、私はあの時、母に言葉をかけなかった自分がいやになりました。もう何もかも煩しくなりました。母が一生食べて行くだけのものは母名義で残っています。よろしくお願いいたします」

千早は翌日、自分あての順之助の遺書を読んだ。怒りが、千早の胸を嚙んだ。母を許さなかった息子は、自殺することによって、その母親に決定的な打撃を与えるための追いうちをかけたのだ。千早は一瞬、死者の胸倉をとり、その顔に唾をはきかけ、思うさま横面をはってやりたい思いにかられた。

カナは思いのほか静かに、葬式にでて行った。千早が一晩、カナの心に残っている息子は、彼が二十をこした時にすでに死んだのであって、今、首を吊った男は、むしろカナにとっては、心理的に、他人であったかも知れないのだ、とまで言ったせいかも知れなかった。

「金の苦労をしていたことを知らなかったなんて」

と言って、カナはふるえた。

「金の苦労をしていることを知ってたら、私はもっとあの子をいたわってやったと思うんです」

松田カナは百か日までという約束で、息子のお骨を持って帰って来た。あのお婆さん、また、息子と二人っきりになれたので、元気がでたのかしら、と事務員たちが噂しあったくらい、彼女は生気をとり戻したように見えた。カナは、園の近くの寺に墓地を物色しに歩いた。候補地が決まると、カナは千早と、寄席芸人の老人をその墓地を見せに連れて行った。海と、清光園の緑色の屋根がほんの少しだけ見える静かな丘で千早も是非そこを買うことをすすめた。

「私もここへ埋まりますから、一度決めれば世話がないしねえ」

そんなことを言いながらカナは微笑を見せるくらい落ちついていた。もっとも思い出話は相変らず順之助の幼い頃のことだった。たまにふれるにしても、「順之助は水泳に行っても、十代の少年みたいにひきしまった体つきをしていて、女の海水着を着せたいくらいだってひとから言われるくらいだったんですよ」というような言い方をした。

年があけて、一月《いちがつ》も終りかけようとしていた。

月のよい夜であった。

カナの部屋の雨戸が開いていて、中に彼女の姿が見えないのを発見したのは、千早であった。千早はためらわずに、芝生を横切って菜園までかけ下り、何者かが、菜園の崖から、泥をずり落しながら、自動車道路にとび下りた痕跡を月あかりの中に見た。千早は自分も同じ崖を夢中でとび下りると、真直ぐに海の方に向って走った。

果して、磯の岩かげに一足の草履がきちんと脱ぎ捨てられていた。カナのはきものであった。カナの姿はなく、ただ波が磯をうっていた。園の、カナの部屋を探した人々は、遺書も何もなく、ただ、順之助のお骨が箱ごとなくなっているのを見つけた。

カナの死体が、伊東の漁船に発見されたのは、三日後である。おそらく抱いて入水《じゆすい》したに違いない、順之助のお骨の方は発見できなかった。

千早は事務的に葬式の一切をとりしきった。墓地まで決まっているのだから、簡単であった。

一切の行事が終って、園が再びもとの平穏な日々をとり戻した時、千早は一日、かつてカナが順之助とこの世で最後の数分を無言のうちに歩いた道をたどってみた。

冬枯れの、しかし陽鮮かな月であった。海は無数の光の粒になって果てもなくひろがっている。

あの母子はおたがいに命をかけて愛を立証したのではないか。あれほど強い憎しみと愛を投げつけた母子というものも、この世では珍らしいかもしれない。千早はカナの死をあまりいたんではいない自分の心を探っているうちに、そんな答えにつき当ったのであった。

人迷惑な、とも言える。愚かしいとも言える。しかし、カナはいそいそと、息子の待っていることを信じて死んだのであろう。それを誰が悪いと言えるか。この世には多分、時々そんなような、憐れな、しかしそれ以上の純粋さを考えられない異常な結びつきが展開する。

千早は菜園を通りすぎた。葱畑は、いつの間にか菜の花の蕾がふくらんで、松田カナ親子のことを、誰もが忘れようとしているらしかった。

方舟の女

1

ここに一人の青春を失った夫と、子供の教育に夢中になっているその妻の平凡な物語がある。いや厳密に言うとそこにかかわりあったもう一人の女性のことにもふれねばならない。そう、多分あなたは三角関係を連想していられる。私は今、ここで、それを否定も肯定もしない。只、そういう場合に、ふつう我々が連想するものと、少しばかり趣が違っているだけのことである。

主人公は従業員四百人ほどをかかえた、自動車の部品会社の四十一歳の工場長である。三木俊介という。背の高い、関西なまりの少しばかり残った快男児である。工員の宿舎の隣に、小さな社宅があるが気が向けば、——というより女房がクラス会にでもでかけて遅くなるような日には、工員の食堂に飯を食いに行くという、気さくな人物である。Y談、野球の話、旧制高校の試験におっこった話、何でもやる。若い者と一緒になってテレビのボクシングでも野球でも見て熱中する。人生観をたたかわす時もある。恋愛の相談をもちかけられることもある。

「俺はしかし女房と童貞で結婚したからな」

と彼はずばずば言う。

「童貞と処女の結婚だ」

「遊ばなかったですか」

「ばか、精神的にはいくらでも遊んだ。お前らの比じゃない。俺はもてて、もてて、実際困ったんだ。金が一文もないのにもてた。それが本当のもて方だ」

出鼻をくじかれてまぜっかえす者もない。

「金はない方がいいんなら、俺達も資格あるな」

笑い声が一瞬だけあがる。

「結婚した奥さんは何番目くらいの女のひとですか」

「初恋だ」

「ひぇ――」

「もてても、こっちが、本当に好きになったのは、今の女房が初めてだ」

「アタシ、シアワセ」

誰かが女の声を使ってふざけた。

「組合の交渉の時なんかに、これだけは悪用しないという紳士協定を結ぶんならもっと教えてやる」

「しません！」

幾つもの声が同時に誓った。

「女房と同時に好きだった人がもう一人いた」

「へえ」

「ところが、その人は修道院に入ってしまった」

「あれ！」

「工場長にききたいんですけど、男はですね、二人の女を同時に愛することが、確かにできると思うんですよね。そういう時、どっちを選んだらいいですか」

「俺にきくのか？」

三木はにやりと笑った。

「そうです」

「俺の場合は簡単さ。片一方にふられたんだからな。というより実は相手にこっちの気持を伝える閑《ひま》がなかったんだ」

「ふられなかったらどうします?」

「ふられなくても今とおんなじ結果になったと思うね。男は女も仕事も好きだからな。仕事に生きるようになるとその仕事にかかわりのある女が一番かわいくなってくるさ。今の女房は、俺の仕事に向いた女だ。天下一品だよ」

その時がらりと食堂の戸があいて、

「工場長、奥さんが帰って来ました」

とどなる声があった。

「噂をすればナントやらだ。初恋の女が帰って来たから引きあげるよ」

三木は若者たちの笑いの渦の中を立ち上った。


只ならぬめぐり合わせが、次から次へとおきる日というものが確かにあるものだが、工員たちを前にして、三木がもう一人の初恋の女のことなど考えたのからして、そもそも不思議だった。

三木の従妹《いとこ》に聖《セント》メリー女子大在学中に脳腫瘍で死んだ不運な娘がいたが、修道女になった木下陽子もその友人の一人なのである。いや従妹の親友に今、三木の妻がお泰《やす》と呼んでいた宝部泰子という登山気狂いの山女がいて、彼女が木下陽子と親しかったといわなければ正確でない。

しかも、この宝部泰子、通称「お泰」は、偶然にも、三木の妻の朋子と高校時代の同級生であった。朋子はお泰とは違って、高校を出るとすぐ、O自動車の本社の部品部に勤めた。三木の会社が、O自動車の下請工場であったから、三木は仕事の度に本社へでかけて、朋子と親しくなったのである。その意味で朋子は初めから三木の仕事の世界の中に息づいていた女である。仕事と女と同時に惚れたい年になっていた三木には、まさにうってつけの相手だったと言える。

お泰が共通の知人だったということも、朋子と三木を結びつけるのに充分に役立った。当時、すでに従妹は死んだ後だったが、三木は時々、お泰と会っては、彼女がボーイフレンドにふられたりふったりしている話をきいてやっていたものである。不思議とお泰と三木の間には、色気らしいものが起きる余地が全然なかった。三木の方ではお泰を実の妹同様だった従妹に対するのと同じような幼い相手と思っていたし、山女の方は、実のところ、結婚すなわち束縛と思っているような娘だったからかも知れない。

つまり山女お泰の高校時代の友達が、三木の妻の朋子なら、大学における親友というのが、木下陽子だった。木下陽子は金沢の菓子の老舗《しにせ》の娘で、いかにもそれらしい下ぶくれの肌の美しい優しい娘だった。笑い声がことに明るく楽しかった。

「木下さんはよく笑うなあ」

三木は言ったことがあった。三木はよく食べてよく笑う娘が好きなのであった。

「ごめんなさい」

木下陽子は、三木に非難されていると思ったらしく、急に真顔になって謝った。三木はお泰と陽子に恋愛小説を貸したり、カトリックの修道院の経営する大学にぬくぬくとおさまっている二人に、わざと左翼的な思想を吹きこんだり、メニンジャーの心理学の本を読ませたりした。山中湖の大学の寮へ二人を連れて行ったこともあった。木下陽子と彼が、ほんの一瞬、結びつけられそうになったのは、三木の記憶では湖畔で雷雨にあい、雨の中を寮まで駆けて帰った時であった。暗雲が空を覆って、あたりが真暗になった時、三木はふと旧約のノアの方舟《はこぶね》の光景を思った。四十日降り続いたという豪雨の降り始めはかくやと思えるような暗い光景であった。その荒々しい天地のただならぬ気配の中を、陽子は柔かな髪をなびかせて走っていた。三木は思わずその手をとった。荒天が自然に彼をそうさせたのだった。と、いっても、目の前を走って行くお泰の手をとろうとは思わなかったのだから、この行為はやはり三木の純粋に個人的な感情だったと言わねばならない。その時三木は、洪水が天地を水びたしにして、自分と陽子が方舟に逃れて生き残る光景をほんの一瞬だけ心に思いえがいたのである。

しかし、三木は、それ以上、陽子に近づくことをためらったのだった。木下家は姉妹二人だけで、陽子にも姉にも婿養子をとる気でいるということをお泰からそれとなくきいていて、旧家の重みが、三木の心を鈍らせたのである。お泰と陽子は卒業し、三木が朋子と婚約して間もなく、彼はお泰から、陽子が突然、自分の母校の修道院へ入る決心をした、ということを知らされたのであった。

それ以来、三木は陽子に会っていない。正直なところ、既に朋子と婚約中だったのに、陽子が尼になるときくと、何となくふられたような気がして、三木は少し気がめいり、同時に楽になった。その後、お泰が時々消息を伝えてくれることはあったが、三木は次第に、陽子に対する興味を失ったといった方が正しかった。

「今日、今までどこにいたか知ってる?」

三木が工場の食堂から家へ帰った時、五つになる娘の純子を寝かしつけたばかりの朋子は、よそ行きのスーツのまま、興奮した表情で言ったのだった。

「クラス会だろ。お泰は元気だった?」

「うん、とても元気だったわ。私ね、実はクラス会の後でお泰に、聖メリーへ連れてってもらったの。バザーがあったのよ」

「へえ」

その時初めて、三木は、今日は不思議な日だと思ったのだった。

「ねえ、あなた。私、お願いがあるの」

「何だい」

「純子に、聖メリーの小学部を受験《うけ》させてもいいでしょう。区立の小学校へ入れるより少しお金がかかるけど、私、どうしても、あそこへ入れたくなっちゃった。授業料なんかも、きいてみたらそれほど大したこともないの」

朋子は今日、初めてお泰に連れられて、幼稚園から大学まである修道院に附属した古い学校を見たのであった。前庭に小ヴェルサイユ風の池や花壇があり、薔薇が咲き乱れていた。

「庭に紙屑一つ落ちてないのよ。そして生徒の行儀のいいことったら、入口に売り場案内を渡す係の生徒がいるんだけど、その子たちがまあどうでしょう。白手袋をして、御案内を渡してるの」

「白手袋くらい大したことじゃないじゃないか」

「言葉づかいだって、今時の子供と思えないくらいだわ。私がエプロンを買ったら『恐れいりました』なんて言うのよ。それからショートケーキ！」

朋子は絶句した。

「ショートケーキがどうした?」

「ショートケーキもずらりと並べて売ってるんだけど、それはみんな生徒やお母さんたちが焼いたものなんですって。あんなお菓子をさっと焼けるような文化的な家庭の人たちばかりが集ってるのよ」

「そうかな」

「あ、それから、あなたの知り合いの、木下先生にもお会いしたわ。木下陽子さんていう人でしょう。お泰の友達の」

「へえ、どんなになってた」

「白いヴェールをかぶって尼さんの恰好して。でも明るい声で朗らかに笑う方ね」

「昔からそうだったよ」

「木下先生が修道院の有《あり》あわせの材料でお焼きになったたっていうお菓子も並んでたから買って来たのよ。これも何かの御縁ですものね」

朋子はいそいそと立って行って、チョコレートとくるみで簡単な飾りをつけた菓子を二人分切って持って来た。

「そう言えば、あの人の家は金沢の菓子屋だったよ。菓子作りはお手のものだろう」

「そう。でも和菓子と洋菓子は違うでしょうけど。とにかくお泰が、落ちてもともとというつもりで純子に小学部を受けるだけ受けさせてみろって言うの。私、そうしたいな。ねえ、いいでしょう」

三木は妻が大きな洋菓子の切身に小さなフォークを入れ、的確な早さで、次から次へと口へ運ぶのを眺めていた。昔から三木はよく食べる女とよく笑う女が好きな筈《はず》だった。妻の食欲は三木の安心感の根源でこそあれ、非難すべき筋合いではない。しかし今、陽子のケーキを、三木の妻である朋子が何のためらいもなく無邪気に食べ続けることに三木は小さな抵抗を感じた。少なくとも、自分は木下陽子を忘れかけていたのだから、そして陽子にはあの旧約の洪水を思った一瞬以外には、ふれもしなかったし、又将来ともふれる折もないのだから、今このケーキにも手を出したくないなどという気持は、たとえ事情を知っていたにせよ、妻にはとうていわからない心理だろう、と三木は思ったのであった。

2

一たん火のついたような聖メリーに対する朋子の執念は、日が経つにつれてますます激しいものになった。

「幼稚園から入れればよかったのねえ。小学部では十人にひとりの率だそうよ」

「それなら入れないも同じじゃないか」

三木がそんなふうにでも言おうものなら、それは朋子の心にいっそう油を注ぐような効果を与えるばかりである。

「だからこそ、やってみたいのよ。情実なんて決してありませんて。子供の実力次第ですって。紹介者なんて、どんなに強力な方のをお持ちになっても無駄だそうよ。ローマ法王の紹介状だって、子供がバカなら駄目ですってよ」

比喩が次第に大きくなることは、朋子の心のたかぶりを示していた。

「でもねえ、入れたらもう大学まで安心ね。小学校からフランス語と英語をやるんですって。小学校の六年生でも、もうちょっとしたことをフランス語と英語でおしゃべりするそうよ。

それから外国風の礼儀も教えて下さるんだって。女王さまの前にでた時は、こういうふうにお辞儀をして、尊称はどういうふうに使って、法王さまの前へでたら、ああいうふうに挨拶をして、なんてことね。世界の檜《ひのき》舞台にでても困らない教養をつけてくれるんですってよ」

うちらあたりの娘が世界の檜舞台にでることは考えられないとは、さすがに三木も言えなかった。人間には常にまかりまちがうことがあるからだった。

「王女さまにはどうやって挨拶するんだ？」

「あら、知らないの。右脚をひいて、お辞儀の代りにするのよ。映画なんかによくでて来るじゃない」

「法王は？」

「右膝をひざまずいて、右手で法王さまの手をとって指輪に接吻するらしいわ」

「ふうむ」

「聖メリーは、世界中に、分校が三百もあるのよ。北京の分校は、共産党の図書館にされてしまってるそうだけど。知ってる？　コンゴにも印度にもスウェーデンにも韓国にもあるのよ。卒業生は世界中、どこへ行っても、生徒として歓迎してもらえるんですって。一文なしになっても困らないってお泰が言ってたわ」

「お泰はいつも無一文で歩きそうな奴さ」

妻が次第にふつうでなくなって来るのを、三木はそれから一年間、見守っていなければならなかった。朋子は純子の幼稚園で早速受験の話を吹聴し、それだけで母親たちの注目の的になった。

「純子ちゃんは、そう言えば聖メリー向きだって言われたわ」

と妻が伝えた時には、さすがの三木もむっとした。

「何が聖メリー向きなんだ？」

「何となく品がいいって先生がおっしゃるのよ」

ばかな！　と言おうとして三木は口をつぐむ。妻は大願成就のために既にお茶断ちをしている。

「私、どんな苦労をしてもいいわ。そのために命を縮めたっていいの。ただあの学校に入れたいわ」

こうまで言う妻に、夫として三木は何を言うことがあったろう。

入学試験には、両親の口頭試問も含まれている。朋子はその上に、更に卒業以来、週に二日だけ勤めればいいというあきれ返るような閑職に就《つ》いているだけで、殆《ほとん》ど家でぶらぶらしたり北アルプスへでかけたりしているお泰まで呼び出して当日ついて来てもらうことにした。

「三木さん、あれから、木下陽子に会った？」

行きの車の中で突然お泰がきくのだった。

「いや」

「今日、会う破目になるかも知れないわね。ヴェールかぶっている彼女の姿想像できないでしょ」

「できないなあ」

「美しい修道女よ。もともと肌の凄くきれいな女だったからね。今は抜けるみたいに白くなってる」

お泰は、男言葉で彼女が陽子の修道女としての誓願式に立ち会った話を始めた。その日彼女たちは死ぬまで修道院を去らないことを神に誓って、胸につるす小さな銀の十字架をもらうのである。

「チャペルの中を白バラ一色で飾ってね。そこへ終生誓願をたてる修道女たちが入って来るんだ。グレゴリアンがラテン語の歌を歌うのね。それが何と《来たれキリストの花嫁》と言う意味だってさ。そう呼びかける度に、修道女たちが床にひれ伏すの。ちょっと迫力あるよ」

お泰は鼻から煙草の煙をぷうと吐きながら続けた。

「つまり、陽子はキリストと結婚したわけよ」

「キリストも大変だな。そう女房が多くちゃ」

三木は笑いにまぎらそうとした。

「僕なんか一人でも持てあましてる」

「朋子さんも結婚したし、陽子もキリストの花嫁になって、私だけが売れ残ったわけよ。私はしみじみそう思ったね」

「嘘よ、自分で売り残してる癖に」

朋子はやっと言い返すだけの心の余裕を持ったらしかった。

「私は山とでも結婚するよ」

学校の控え室には、ミケランジェロの「ピエタ」の写真が飾られ、観葉植物の葉が埃ひとつなく、つやつやとみがかれて朝陽に輝いていた。

「廊下がぴかぴかだぞ。滑ってころばないようにしろ」

三木はそう言ったくらいだった。

父兄たちは一様に緊張している。三木夫婦も例外ではなかった。ただし三木の思いは少しばかり違った。子供のことは今更じたばたしたところでなるようにしかならない。彼は、木下陽子と会う瞬間のことばかりを考えていた。たった二人でこの世に生き残ることを考えた相手に対する誠実を、十年の年月が経った今、世を捨てた人に対してどのような形に変化させて表していいか、三木は皆目、見当がつかなかった。

やがて三木夫婦の番が来た。陶器の聖母マリア像が置かれただけの清楚な部屋に、二人の修道女が机に向って坐《すわ》っていた。そのどちらも木下陽子ではないとわかった時、三木は微かに淋しく思い、同時に気が楽になった。

二人の修道女は、校長と教頭に当るような地位の人たちだったが、どちらも常人の考えられないほど柔和で優しかった。誰もがこの調子でやられたら自分の子供だけはまちがいなく入れてもらえるのだと思うだろう、と三木は考えた。

「他の学校をあわせて受験されていらっしゃいますか？」

突然、静かな質問があった。朋子は、滑りどめやら力だめしやらの意味もかねて、純子にもう一つ、プロテスタントの学校を受けさせてあった。

「いいえ」

「決してこちらには影響ございませんから、ありのままにおっしゃって頂きまして結構でございますのよ」

机の下で三木の爪先が朋子のとんがった靴先でぎゅっと踏みつけられた。

「いいえ、本当に、こちらだけでございます」

三木は妻の顔を眺めた。嘘をつくことに少しも臆してはいない。三木はこんなふうに言われると何もかも白状してしまいたくてたまらないのに、妻は平気であった。

口頭試問は呆気ないほど簡単に終った。あとは子供たちが一つ部屋に入れられて、遊びながら観察されるだけである。その手もちぶさたな時間になると、親たちの中には初めて少しばかり緊張がほどけて、前庭の例のヴェルサイユ風のバラ園や池の方を散策するものも現れた。

「僕たちも庭へでようか。肩がこったよ」

三木は妻に言った。

「私はここで待ってるわ。純子がでて来て、私たちがいないと心配するから。あなた初めてなんだから拝見していらっしゃいよ」

「私、じゃ案内してあげる」

お泰はそう言うと、三木の先に立って庭へでた。

冬の庭園には、どことなく荒涼とした気配がなくもなかった。けれど菊の花壇は落葉ひとつないほどにはき清められ、泉水の水が高く空と光を洗っていた。そしてそのしぶきと陽がきらきらと輝きながらとけあうあたりに、両手をひろげた「王たるキリスト」の像が、苦悩と静謐に満ちた表情を見せていた。

これが、木下陽子の住む世界なのだ、と三木が思った時だった。

「三木さん、あなたは昔、なぜ、陽子に好きだと一言はっきり言わなかったのよ」

突然、お泰の声が三木の耳をうった。

「もう時効にかかったようなことだし、今となってみると、あなたの奥さんには朋子さん以外に考えられないけどさ、陽子が修道院に入ったのは、あなたの責任も多少ないとは言えないと思うんだ」

三木は数米《メートル》離れた池の縁に立ってお泰を眺めた。

「僕が木下さんを好きだということ……」

「わかるわよ。私はよくわかった。言わなくてもね。彼女もあなたに好意を持ってたこともわかった。彼女も何も言わなかったけど。そういうことは、女は本能的にとってもよくわかるんだなあ」

お泰は乾いた調子で言った。

「だから、私、あなたの気持だけは彼女に伝えたことあったよ。彼女とても嬉しそうにしてたんだけどな。つまりあなたが悪かったのよ。あなたがちっともそれ以上近づいて来ないから、彼女をキリストさまにとられたじゃないの」

お泰は冗談を、少しも笑わずに言える女だった。

「僕のことと、彼女が修道院へ入ったこととは無関係だと思うな」

三木は言った。

「そりゃ、そう。失恋なんかだけで一生あんなところにいられるもんじゃないから」

お泰は顎で、古めかしい塔をもつ建物の方をしゃくって見せた。

「でも、純子ちゃんが学校へ入ったら、彼女三木さんと顔を合わせるの、どこかで辛いと思うと思うわよ。何気なく和《なご》やかにはしているでしょうけどね。好きだったという記憶まで、そう都合よく消えるもんじゃないから」

「じゃ、純子は落ちるだろう」

それは三木の口を自然に衝《つ》いてでて来た言葉だった。

「僕が他の女と結婚して、その子をよろしくお頼みします、じゃ、ふつうの世間の常識で言えば踏んだり蹴ったりみたいになるもの。別に、木下さんが純子を落そうとする、ということじゃなくて、自然に純子が落ちるようになるのが妥当だと思うな」

「だけど、そこが、ここだけは別なのよ。ここには別の貸し借りの勘定があるんだな。向うは貸すばかりだし、こちらは借りるばかりになるもんなのよ」

お泰は意味ありげに笑う。

3

三木の気分は晴れなかった。三木は、世の中のことが夢のようにうまく動くなどということを少しも信じられないたちだった。

純子が聖メリーに入るとする。自分は父として当然、入学式にも学芸会にも運動会にも行くだろう。するとそこで、お泰のいう、美しい修道女姿の陽子と顔を合わすことになる。かつて愛し合い、そして自分の裏切りを何も気づかぬように許してくれている女と、自分の家庭を少しも破壊する心配もなしにのうのうと会い、そして確かにいくらかその邂逅《かいこう》を楽しむようになる。

そんな甘い、うまい話が実現していいものだろうか。あり得ない。だから、純子は落ちるだろう。何も知らない朋子には悪いが、まさに親の因果が子に報いるという感じだ。

発表は十日後である。

朋子はついに、一睡もしなかったと夜のひきあけに言った。

「入った夢をみたわ」

三木は黙っていた。妻が憐れであった。彼女は七時には家をでて行った。八時から発表と言うことだったが、もうとても家に落ちついて坐っていられなかったのだ。

三木は八時に工場へでた。十分過ぎに彼は電話に呼ばれた。取引先からの電話の心あたりがあったので、でてみると、朋子からだった。

「入った！」

泣いているのが三木にはわかった。

「ばかだな」

彼はおろおろした。

「まちがいないか？　もう一度番号確かめてみろよ」

「まちがいありません！」

「大丈夫なら、いろいろ次の手続きのことなんかあるだろう。おろおろするな」

喜びは純粋に、父としてのものだけではなかった。三木はそれを自覚していた。やがて陽子にも会える日が来る。自分の存在が生涯を変えさせた女性と、何気なく面と向って語り合うこともできる。

その年の春を三木は一際美しく感じた。町中の工場の周囲にある植物などたかが知れている。それでも芽吹きは燃えさかるように感じられ、彼の心から落ちつきを奪った。年甲斐のない、おろかしい事と知りつつも、彼の興奮の底には、いつも陽子との輝くような再会の期待が沈んでいた。

彼は発表のあった翌日、仕事で関西へ行き、帰って半月もすると、工員たちを連れて熱海に旅行した。一週間後には本社の部長が初めて外遊をするので、花束を持って羽田まで行った。

部長は南廻りで、まずイタリーの自動車工場を視察する筈であった。それから西ドイツ、フランス、イギリスと廻り、最後にスウェーデンへ入って、北極廻りで帰国するのである。三木は部長が最後に飛行機に乗り込むまでをフィンガーに立って見送った。小柄な部長は興奮のあまり、足をもつらせながら、万歳の声を背後に聞いて、飛行機までをよちよち歩いた。同じ飛行機に乗るお客はぽつぽつと後に続いているらしく、軽装のアメリカの軍人や、中国服の女などが、白い明るい空間を巨鳥のような飛行機の中に消えた。

中にひとりの白いヴェールの修道女がいた。ふと、純子の学校の聖メリーの尼さんの装束じゃないか、と気がついたのと、微かにふり向いた微笑が、木下陽子のものだとわかったのと同時だった。

彼女は誰か見送りの人がいるらしく、小さく手を振りながら、フィンガーに向って一瞬立ち止った。

「木下さん」

三木は叫んだ。彼は夢中だった。男の声が自分を呼んだのが不思議だったのだろう。陽子は三木のいる最上階の手すりを見あげた。彼女は一瞬確かに、三木の存在を確認した。しかし、その顔の穏かな微笑は消えなかった。彼女は微かに三木に頷くようにしてみせた。彼女は右手の黒い鞄を左手に持ちかえて、小さく手を振ったが、それはもはや三木にというのではなく、どこか別の視野にいる人たちに対してだった。それから陽子はくるりと後ろを向き、そのままふりかえらず、飛行機までの何十米かを歩いた。白いヴェールが春の海風に吹かれる。花が散るように、その姿はタラップの奥の暗い空間に吸いこまれて、それで終りだった。

三木の心に既に部長はなかった。彼は只、陽子をのみこんでしまった飛行機に向って手を振る。陽子の海外出張という思いがけない出来ごとが、二人の再会をさまたげたことに彼は腹を立てていた。

飛行機はやがて滑走路をとび上り、弛《ゆる》やかに海の方に向って身をひるがえす。

「三木さん」

と肩を叩かれたのは、彼がフィンガーを出ようとしている時だった。お泰であった。

「木下さんを今見たよ。偶然だった。僕は知り合いを送りに来たんだけど」

「私、わざとあなたに教えなかったのよ」

「彼女出張?」

「そうね」

お泰は首をかしげた、

「片道だけのね。たぶん、あれでもう日本へは戻らないのよ」

三木は歩調を変えない。もっともそれだけがやっとだった。

「どこへ行った」

「サイゴンの田舎に聖メリーが経営してる孤児収容所があるの。そこへ……つまり転勤になったのよ。それが神さまのおはからいというんでしょ」

お泰はしばらく歩いてから言った。

「サイゴンへ行きゃ、又会えるのよ。別に驚くこたぁないわよ。私も来月、ヒマラヤへ行く時ちょっくら会いに寄ることにしてるんだから……あなた煙草持ってる?」

急にお泰は不安におびえたように言った。

「あなたに会わなくてすむようにするために、陽子がサイゴンへ行ったなんて考えないでね。もう、これは、そんな甘いもんじゃない」

三木にさし出されたライターで煙草に火をつけながらお泰は顔をしかめて見せた。

「しようがないね。陽子も私も、いつも現実が稀薄だったんだな。何がトクかなんて計算ができる人と全く正反対の性格なんだから。いいことでも悪いことでもなくてね、ただ何となくこんなふうになっちまったのね。山とかキリストとか、そういうものにいかれてるうちにさ」

三木はうなずいた。それは彼も好きな判断の形だった。

「だから、陽子があれっきりベトコンの爆弾の巻きぞえになったからって、別にかわいそうに思うことはないのよ。誰かの故《せい》でああなったんじゃないから」

二人は雑踏の中を離れればなれに抜けた。

「ときに、景気はどう?」

現実が稀薄だと言ったばかりのお泰が尋ねた。

「楽じゃないね。きついよ、実にきつい。もっともうちはずるいから、工員のボーナスの代りに株を渡してさ、組合活動もおさえてやってくつもりだけどね」

「しっかりなさいよ。尼さんなんかにかかずらわってる時じゃないわ。稼ぎのない男なんて、人間の屑、とはてんで思わないけどさ」

「わかってる」

三木の現実は女たちと違って常に濃厚だった。それを実感として嚙みしめながら、彼は埃っぽい飛行場の陽ざしの中に立っている。

二人の妻を持つ男

(瀬戸内海には、幾つものフェリーがあるが、この作品に現われる人物の働いているフェリーがどれであるかは、あえて明確にするのをさし控えたいと思う。何故なら、その人物はまだ恐らくその航路におり、彼が人々の好奇の眼にさらされるのは、望ましくないことだからである)

一九六×年、三上恭子が、そのフェリーに車を乗せて、本州側から四国側へと向かったのは、或る初秋の午後であった。

そのフェリーで車を四国のJ市まで運べと命じたのは、夫の三上保である。夫の命令は絶対であった。結婚して、二、三年までは、恭子も、自分の意見を通そうと試みたことがある。しかしその度毎に、恭子は自分の意志を曲げることの方が結果的には楽だったと知らされた。言葉でやりこめ、時には頬を殴り、外出不許可の罰を与えて、夫は妻の個性をうちくだくことに腐心した。

　三上保は、三上商会という医療機械を扱う会社の代表取締役である。けちなのでも、妻を愛していないのでもない。三上保は妻の和服姿を好んだ。結城でも、﨟纈《ろうけつ》でも、妻に着せたいものが見つかれば、金を惜しまない。妻を旅行へもよく連れて行く。ただし恭子の意見をきく事はない。自分が行きたいと思う場所へ、自分の日程に合わせて妻を同行する。

　結婚して十二年経った今、恭子はそのような扱われ方に馴れた。恭子はいつか動物園で見た駱駝《らくだ》の表情を忘れられない。駱駝はいれられた柵の中で、顔を中空に向けながら、心はすでに体の中にないような表情で虚ろに歩いていた。自分にはついぞ与えられなかった自由の世界を夢見ているとしか思えない。あの駱駝のように、心だけいつも三上保の勢力圏内から、自由に脱出していればいいではないか、と自分に言いきかせる。そう考えるあとから、恭子は自分の一生をこのままでは無為だ、と思うのであった。子供がないせいもあろう。夫は子供などいらぬ、という。夫は自分自身以外にこの世に人間の存在を認めないのである。社員は機械の一部である。恭子も人間ではない。手に馴染《なじ》んだ普段づかいの茶碗やパイプ並みに評価されているだけである。

　今度、夫婦が旅にでて来たのは、N市の三上家で伯父の十三回忌の法要が営まれたからである。仏事だけでは、何とも魅力に欠けるらしく腰の重かった夫は、東京から車で道中を楽しみながら山陽道を下り、帰りには、四国のJ市でゴルフ場を経営している旧制高校時代の友人を訪ねることに手筈《てはず》をつけると、やっと御輿《みこし》をあげたのであった。

昨夜、法事と会食が終ると、夫婦は本家の客間にひきとった。古めかしく、高い天井がとりつくしまもない感じである。いくら陽ざしの強い山陽とは言っても、暖房はきかず、さぞかし薄寒いことだろう、と思われる。冬ならば、本も読めそうにない、薄暗い電灯の下で、夫はネクタイを弛《ゆる》めながら乾いた声で言った。

「僕は、明日、一番のフェリーで、J市へ行くからね。お前は最終便で車を持って来なさい。それまで又とない機会だから、本家《こちら》の方たちとよく馴染んでおいて……」

それがいかに、人間の自然な感情に反したものであっても、三上はとりあわない。本家の人々などと言っても、恭子はそのうちの二、三人の男たちを、十年以上も前、自分の結婚式の時見かけただけであった。法事の仏さまの生前の顔も知らなければ、女たちの殆《ほとん》どは初対面である。生活のしきたりも、嗜好も、物の考え方も、何もかも違う人々と、馴染んでおけと言われても、急にたやすく心をうち割って語り合うことも、行儀のよすぎる本家の人々には望めそうになかった。

夫は要するに、自分が、四国で友人とゴルフをする間、妻が親戚一同から、あまり悪く言われないように、お家大事のポーズをとっていれば気が楽なのであった。

恭子は軽い拷問に似た時間を本家で過した。食べたくもない蕎麦《そば》を無理やりにお代りさせられる。決り切った会話を延々とくり返す。相当な現金収入もある昔からの地主で、長男は市役所でかなりの地位についているというのに、御不浄専用の手洗所も、今もってない有様である。その不潔感が、家中のどの戸障子をさわっても、いちいち指先によみがえって来る。送って行くという、本家の嫁さんをおしとどめ、夫の残して行った車を運転して、ダリアの絢爛と咲き誇る本家の前庭を脱出した時には、垢だらけのシャツを脱ぎ捨てたような爽快さがあった。まだしも夫となら気が合う部分もあると知らされたのは皮肉である。夫の許へ行くのは、それはそれなりに安らぎを得に行くのか、再び捕われの身になりに行くのか、未だによくわからない。さし当りひとり旅の数時間を思うと心が躍るのである。

町はずれの小さな埠頭に、自動車専用のフェリー・ボートの姿が見えて来た時、恭子は思わず、はっと驚きにうたれた。恭子の父は船会社の社員であった。小さい時から、恭子は父の会社の持船を見て、いつの間にか、それが、何噸《トン》クラスの船かということも推測できるようになっていた。しかし、そのフェリー・ボートに関する限り、恭子は大ざっぱな噸数の臆測さえつきかねた。大型バスならぎっしり並べてせいぜい六台という自動車専用船は、コンチキ号の筏《いかだ》に毛が生えたくらいのものに見え、高脚蟹《たかあしがに》がはいつくばったような無恰好な船橋が、何とも無様であった。

おまけに、すさまじいのはその乗組員である。まともな船員らしい服装をしているのなどひとりもいない。煮しめたような色になったYシャツのなれの果てをズボンの中につっこんでいるのがいる。メリヤスの腹巻きを後生大事に締めているのや、ピンクのタオルを首に巻いて与太者風のサングラスをかけているのもいる。当節では道路工事の作業に従事している人たちでも、こんなくずれた服装はめったに見当らない。

もっとも恭子は三千噸クラスの新造貨物船に乗り合わせたことがある。船長《キャプテン》は頭には派手な徽章《きしょう》のついた制帽をかぶり、上着にも重々しく船長の制服をつけてウイングに立ち、伴走している独航艀の船頭たちにきりりと挙手の礼をしながら出港して行くのだった。ところがその時の船長の腰から下たるや、はいているものは、ネルのパジャマ用ズボン、足には寝室用スリッパという有様だった。既に夜であった。船長は積荷がおくれたので、一刻も早く出航スタンバイを解いて眠りたかったのである。

船長の腕というものは、決してこういう外見とは関係ないものだということを、三上恭子は知っている。だからこのフェリー・ボートの船内の乱れや、その乗組員のだらしない服装をみても、彼女はさして不安を覚えたりはしなかった。

しかし客の入りはきわめて悪かった。恭子の車の他には、小型四輪が一台、ライトバンが一台、オートバイやスクーターが五台、あとは自転車だけである。

船が出る頃になって、恭子は、今しがた失業者をかき集めてやっと頭数だけ揃えたように見える乗組員の中から、この奇怪なボロボロのフェリーにふさわしい船長らしい人物に気がついた。その男は黒ずくめの服装をしていた。黒シャツに黒ズボン、それにゴム草履。

思うに、黒服ほど着こなすのにむずかしいものはない。目鼻立ちのはっきりしない男が着ると、黒はその陰にこもった華やかさと軽薄さだけが浮き立って、着ている人物はみすぼらしく、自堕落に見えて来る。痩せた男が酷薄な着こなしを意識すれば、映画にでて来る安っぽい殺し屋のように滑稽になってしまう。

しかしこの船長は、黒シャツを着るために生まれて来たような精悍な体つきをしていた。恭子はのそりのそりと指揮をとるために船中を歩き廻っている彼を見つめ、その服装の似あい方は、彼の恐ろしく姿勢のいい胸と、それと釣り合う恰好のいい出っ尻のせいだと考えた。その上、彼の顔の造作が又、そのあくどい服装を受けとめるだけの、強烈な個性を持っていた。眉がふさふさと濃く、眼は大きく、白目が青いほど澄んでいる。その腕は、フェリーの船長という「労働」以上に、今でも何か激しいスポーツで鍛えぬいているのではないかと思われるほど、筋肉がもり上って見えている。

船は間もなく、虹色の油を浮かせた海面を揺らしながら動き始めた。海風が急に荒々しく首筋を吹いて通りすぎる。恭子は車の中に戻った。二時間近くの航海の終る頃には、日没から夜へのうつりかわりを見られる筈であった。

恐らく直線航路に入るまでであろう。黒シャツの船長は、暫《しばら》くむき出しの長いウイングを動き廻っていたが、自動車の置いてある甲板の上に下りて来ると、ひょいと訝《いぶか》しげな視線で、じっと恭子の車のあたりを見た。

彼はそれから顔をあげると何か言った。恭子が窓を開けたのと、彼が運転席の近くまで寄って来たのと同時だった。

「オイルが洩れてるな」

恐らくその時、恭子は絶望的な表情をしたに違いない。夫は自動車の管理に関しては、妻を少しも当てにしなかった。自分の命を託すものに対しては妻だろうと誰だろうと信用できない、と思っているのかも知れない。恭子は車を運転はしても、その構造には神秘的な混乱を覚えてしまう。オイルが洩れているときかされても、思いつくのは、修理屋へ乗りつけることだけであった。

「今まで気がついてなかったんですか」

「はい」

「見てあげましょうか」

泥や土や油や、そうしたものを少しも気にかけない自然さで、男は車の下にもぐりこんだ。

やがて、

「コックが弛んでるんだなあ。修理用具は持ってますか?」

という声が聞えた。

恭子は、車のトランクを開けた。ズックの道具袋の中から、必要なスパナを取り出すと、船長は再び車の下に入った。

修理は五分とかからなかった。

船員たちは歌を歌い、白目をむいて笑い、その間にも船は確実に浮標のところで、僅かばかり、針路を変えて行った。島の影は濃くなり、波頭は淡い茜色に染まりかけていた。

恭子は道具をしまうと、船べりに行って艫《とも》の方を見ている船長に近づいて礼を言い、何気なく、今日はこれでJ市にお泊りですか、と尋ねた。この船は今日の最終便で、彼は別のフェリーを使わない限り、本州側のN市までは戻れそうになかったからだった。

「そうです。J市泊りです、今日は」

彼はそう言ってから、

「長い間、一日置きでした。向う側とこちら側と。もっとも、もう間もなくそれもやめになると思いますがね」

「船をお下りになるんですか」

恭子は当惑して尋ねた。

「いや、私が好んでそういう生活をしとったんです。向う側に愛人がいたもんですからね」

「お別れになりますの?」

「いや、今日あたりもう、駄目だろうと思うんです。癌です」

男は煙草に火をつけ、マッチの棒を静かに波の上に投げた。

「ついていておあげになれないんですのね」

「もう昨日あたりから殆ど意識がないんです。それが救いですな。これが家内だったら、会社も最期の頃には、ずっとつきそっていられるようにはからってくれるかも知れませんが、愛人では不可能ですからね。それは彼女も自覚してました。ですから、今日僕があちら側へついて臨終を見とってやれれば、それは、ずいぶんと幸運なことだと言わなきゃならんです」

そこまで言えば、後はもう傷口が破れたように一人の男の私生活の膿は、吹き出してくるのが自然だった。

名前も知らないこの船長が、結婚したのは戦争中のことである。彼はその時既に船乗りであった。死ぬかも知れないから家庭の味を知らせてやろう、と親は考えた。未亡人になるかも知れぬ花嫁のことを思うと無謀な話だが、若気の至りで、もらえるものならもらっておこうかと、自分勝手なものであった。彼は親がすすめた近所の畳屋の娘とあわただしい式をあげた。

こういう言い方は私の場合穏やかではないかも知れないが、と前置きして「女房には当りました」と船長は焦点の遠い微笑を見せた。

一家は、今、N市の郊外に新しくひらけつつある住宅地に、四間の小さな家を建てて住んでいる。七年前に、あちこちから借金をして建てた家であった。長男は大学受験準備中である。彼の勉強が忙しくなる前は、妻は高校生の次男、中学生の娘、それに近所の子供達を集めて、日曜毎に、裏の空地で、汗と泥まみれになって野球の真似ごとをした。

「ストライク！」

「ボールだよ」

「ストライクさ！」

「うそ！　ボールだったじゃないか。インチキなしだよ！」

最後の男言葉は妻の声である。子供と一緒になっての真剣な抗議だ。彼はその声を、縁側の陽ざしの中できいている。目を細める。眩しいだけではない。こういう生活が満足なのである。


その次の瞬間、J市の女のことが脳裏をかすめる。陽ざしの前を一羽のトビが飛んですぎたほどの、一瞬の暗い影であった。家族たちを裏切っている、という思いでちくりと胸が痛む。その頃から、彼は彼女を「囲って」いたのだった。行きずりの女ではない。彼女は彼の従妹《いとこ》に当った。

彼の記憶の中には、自分の婚礼の日の有様が、部分的に鮮明に浮ぶ。花嫁の衣裳や顔はさだかでない。自分は制服姿だった。分家の叔父が高砂を歌った。古い父の家の座敷である。給仕をしてくれていた女達の間に、セーラー服の少女がいた。長い髪を真直ぐに背中に垂らした十六の娘である。青白い肌で、眉が濃い。殆ど笑い顔を見せない。「この次はあんたがお嫁さんになる番なんだから、さ、ここへ来てお酌しなさい」と誰かが言った。すると彼女は詰問するような視線を、彼に投げた。母方の従妹であった。

強情っぱりの、まだほんの子供だと思っていた。彼も他の大人たちと同じように彼女をからかったかも知れない。他人の目のうるさい地方のことではあり、しかも戦争中であった。厳格な躾《しつけ》の好きな叔母の家では、従妹がボーイ・フレンドなどとつきあうことを許さなかった。彼女の生活に気楽に入って行ける唯一の男性が自分だということを、彼も周囲もそれほど重大なことだとは考えていなかった。

新婚生活は十日で終り、彼の乗船の日が来た。出立の朝には、彼女がお守りを持って来た。新妻が最後に彼に持たせる魚の目の薬を取りに家の中に入ったすきに、門の木洩れ陽の中で、十六歳のセーラー服の娘が言った。

「生きて帰って来なきゃいやや」

「心配するな」

「私、あなたが好きなの」

涙の気配などない。むしろ目はきらきらと輝いている。この言葉を航海の最中に思い出すと自然に「サービスしてくれたなあ」という言葉が口を衝《つ》いてでた。彼にとっては、まさにその程度のものでしかなかった。

彼がジャワから復員兵を乗せて帰って来たのは昭和二十一年であった。叔母が自分の家の畑でとれた新鮮なキャベツを持って見舞にかけつけて来てくれ、従妹を嫁にやった話をした。

「何のかのと文句をつけたんよ。でも、人にはそうてみよ、と言うから、一緒にいれば情も移ると思うの」

彼もそれ以上の心配はしなかった。

従妹の夫は、地方の官立大学の英文学の、当時はまだ専任講師だった。学生時代から秀才で、キーツの研究をしているときかされた。本を読み始めると、家族が呼んでも返事をせず、自分の書斎に香りのいい花がいけてないと機嫌が悪いという、不思議な男だった。

キーツって誰や、と彼は遊びに来た従妹にきいた。妻と違って、結婚しても娘のままのような身のこなしをしている。キーツが詩人だときかされて、彼は考えこんだ。その詩は、いいんやろうな。

従妹はわからない、と答えた。嚙んで吐き捨てるような言い方である。やがて従妹の夫から、自分の研究の中間報告だと言って、ごく薄いパンフレットのようなものが送られて来た。「キーツにおける美の概念」という題目である。彼は従妹のためにも、それを読まなければならないと思いながら、半頁もすすまないうちに、猛烈な睡魔に襲われた。

五年経つと叔母が死んだ。その通夜の席で、彼は従妹に会い、自分は夫と長く暮せないかも知れない、とうちあけられた。彼はその時、初めて泣いている従妹を見た。只の泣き方ではない。涙に溺れそうな泣き方であった。ふと彼の心に疑念がかすめた。母の死にかこつけて、彼女は他のことで泣いているのではないか、という気がしたのだ。しかし、彼は何も気づかぬふりをした。

「ひとり娘で育ったんだからな。泣きたいだけ泣けや」

彼はそう言った。

それから半年後に、彼女は婚家先を身一つで出た。手先が器用だったので、東京で自活するために、洋裁店のお針子になって働いている。あの男と暮すよりは、ひとり大都会の乾いた空気の中で、感情がぼろぼろになるまで、風化されるのを待つ方がどんなに楽かわからない、と書いてあった。

それからの数年は、彼は殆ど従妹と音信不通であった。用事がなくても手紙を出すほどの筆まめな男ではない。

当時彼は東京・博多間の九州航路をやっていたが、船のドック入りで休暇がとれて家にいると、或る朝、大阪からの長距離電話を受けたのであった。大阪の「田島屋」という旅館の女将からで、今、うちのお客さんが急病になり、連絡先をきくと、お宅へ知らせて欲しいといったから、と迷惑そうな声である。名前をきくと従妹で、前夜、夜おそい汽車で大阪に着き、気分が悪かったので、一晩休もうとして宿をとった。ところが夜中に血を吐いて、宿の人を起した。医者に見せ、一まず止血剤のようなものを注射しておいてあるが、病人には、このままここで入院して治療すべきなのか、それとも無理しても、故里《くに》まで帰る方がいいのか判断がつかない様子に見える。旅館としても、そうそう病人を預る訳にはいかないから、何とか早く引き取りに来て欲しい、というのである。

妻は下の娘を連れて、前日から実家へ遊びに行っていた。男の子二人に、留守番できるか、ときくと、「できます」という答えである。彼はそのあしで、すぐに大阪行きの急行にとび乗った。

梅田の駅に近い、びっしりと立ち並んだ家並みの一軒であった。まだ日暮れには間があるというのに、六畳の部屋には電灯がついていて、垢じみた畳や蒲団《ふとん》を照らしていた。

病人は落ち着いていた。泣きもしなかった。只、男まさりのきつい少女だったのが、何にも抵抗するものがなくなった今、もろくなれるだけなってしまったという感じだった。

昔から、あなた以外に好きな人はなかったの、と彼女は言った。

そうかい、弱ったことになった、と彼は笑った。

それを言うまいと思って、十何年も頑張ってきたのに、ごめんなさい、と彼女は微笑した。

いいさ、食物だって人間だって、嫌いよりは好きな方がいいさ。

彼は喉まででかかった次の言葉をのみこんだ。あんたは発育不全なんだよ、と彼はあやうく言うところだった。彼は妻のことを考えた。新婚十日で別れた女房は、彼がジャワから帰ってみると、いつの間にか台所に立つ後ろ姿まで妻以外の何者でもなくなっていた。子供が生まれて三月経つと、妻は更に少し太っていかにも母らしくなった。そのような発育が、従妹には十六歳のあの時以来殆どないに等しかった。

彼はその日一日、彼女の傍《そば》にいた。外は陽が照ってるの？　と彼女はきいた。ああ、そうさ、晴れてる、と彼は答えた。時間が停ってるみたいなの。ふり出しに戻ったみたいなの。昨年は体中に鉛がつまったみたいだったけれど、今はとても胸が軽くなって気分がいいわ、と彼女は彼の顔を見あげた。

夕方、知人の病院のベッドが空くのを待って、彼は従妹を入院させた。そのまま、彼は夜行でN市へ引き返した。それ以上深いりしていいかどうかも決心つかなかった。彼は従妹のことは考えまいとした。しかしその夜は悪夢のようであった。五分でも時間があれば、どんな場所ででも眠れる彼が、ついに一睡もしなかったのである。彼は陸上の黎明《れいめい》のきざしを珍しく思いながら、車窓に眺めた。昔から、夜あけを見るのは、いつも海の上であった。

その感動は彼に、潜水艦の魚雷攻撃を受ける危険をはらみながら、なりをひそめて南下した輸送船団の船橋に迎えた朝を思い出させた。夜あけには一瞬、崇高な、清澄な時間がある。その一瞬だけ、彼は自分の死をも含めて、人間の一切の変化消長を、只寛大に見のがし、許してもいいいと思うことがあった。何も回避しなくていいのだった。何も胸を張ることもなく、只静かに、受け入れ、生きようと試み、それでだめだったら、消えて行けばいいのだと思えた。その変化は善悪を越えたところにあった。

従妹が退院して来た時、彼は、彼女をJ市で暮させることに決心していた。愛でもなく、恋でもなく、肉欲でもない。強いて言えば憐れみである。一日置きにJ市泊りという、変ったスケジュールは、会社が丁度、一日四便を、五便にふやした時でもあったので、自然に受け入れられたのであった。

二人はJの港から五分ばかり離れた蒲鉾屋《かまぼこや》の裏に、小さなアパートを借りた。アパートの窓からは、ほんの僅か海が見えた。彼は彼女にせがまれて、船で使っているのと同じ倍率の双眼鏡を買い与えた。船の出航を見送り、入って来る彼の船を迎えるためである。時間にしてほんの二、三分の間、防波堤から第一浮標までの間、彼の船は、その路地裏のアパートの視界に入る。彼は自分が彼女の視野の中に一方的に捕えられることを許した。その視界から逃れていることに気づいた時、解放感を覚えることもあった。瀬戸内海は、陽ざしの乱舞である。J市から帰る時に限って、彼は逃れるという言葉を意識した。N市の陸が見えて来ると、彼は生き生きと張り切った気持になる。彼は子煩悩であった。子供の話をきき、代数を教える。三人の子供と、もりもり鋤焼《すきやき》を食う。するとあの路地裏の生活は彼の意識の中で霞んでくるのだった。

生活の表裏を生きた、というより他はない。

世間がどのような卑猥な臆測をしようと、妻がどのように苦しもうと、彼はそうする以外の生き方を思いつかなかった。

少なくともそれが、この初夏、従妹に癌が発見されるまでの、この船長の日常生活だった。

島は三上恭子と船長の目の前に現われては近づき、消えて行く。すれ違う他船のキャビンの灯が、夕映えの残照とどちらが明るいか、まさに危機一髪のところで釣り合って見える時刻であった。

「正直言って、この航路もあきあきしましたね」

話しながらも、絶えず、あちこちに眼を配っていた船長は言った。

「しかし他の船へ行くと、一日おきにでも、子供と話をしてやれんですからね」

「奥さまは、全部ご存じでしたの？」

「知ってます。初めは苦しんだようでしたけど、最近はもう、わかって、諦めたようです。どこから見ても、ひとに羨まれるような家庭にも、裏には案外な部分があるのはおもしろいわねえ、なんて半分本気で言ってます。あのことさえなければ、我々の家庭はひとに羨まれるような家庭そのものらしいです」

同じ叫びが三上恭子の心の中にもあった。あのこと——夫の冷酷ささえなかったら——三上夫婦もまさにひとから羨まれるような家庭であった。

「私は一時卑怯なことを考えたこともあるんです。ごく自然のなりゆきで、私の妻が先に死んで、そして彼女を陽のあたる表側へ連れて来てやる日が来たら、などと思ったこともある。しかし、そんなことがなくて、やはりよかった」

彼は短く笑った。それから彼は腰に手を当てて体をのばし、如何《いか》にも遠くまでよく見えるそんな鋭い眼を、心もち細めるようにした。

「天気は完全に晴れましたな。今夜は満月です」

月は既に、左舷後方に白く上っていた。

「お迎えをもらうにはいい晩ですよ。晩年は優しい女でした。私の家族たちにひけ目を持ち続けましてね、いじらしい程でした。

毎年、娘の誕生日にはセーターを編むんですよ。それを私は持って行く。娘は感じやすい年頃ですしね、母親に気兼ねしてあまり着んのです。それがいつか一度だけ、適当なのを買いそびれたらしく、彼女の編んだセーターを早速着て松茸がりに行ったことがあった。

その時写した写真を、私は彼女に持って行ってやったんです。喜びましてね。セーターを着てもらった嬉しさに、私たち一家の写真を机の上に飾ってました。娘からは、毎年一言だって、礼を言わないんだが……」

彼は船首の方を見ていた。三上恭子はそれを、彼が顔をそむけたように感じた。再びふり返った時、彼はもう何事もなかったように微笑していた。

「どうも、おかしなお話をおきかせしました」

「いいえ」

三上恭子には、それ以上何も、言えなかった。

「Jではどちらへ行かれます?」

「新しく出来た観光ホテルだそうです」

「でしたら、上陸したら、すぐ左へ行く道をとれば、海岸ぞいに一直線です」

Ｊ市はもう、指呼の間に見えた。黄昏のきざしの方が、僅かに濃くなり、灯は光り始めていた。

「病院はどちらですか」

「ここからは見えません。岡を一つ越えた奥の谷間です。じゃ、お気をつけていらっしゃい」

ドラとも鐘ともつかないものが鳴った。船はゆっくりと方向を変えている。町の灯と残りの青空とを半々に映した水が揺れて渦を巻く。

恭子は車のドアを閉めてエンジンをかけた。鐘がもう一度鳴った。はね板がゆっくりと下ろされる。スクーターが一せいにエンジンをふかす。船員の一人が発車の順番を指示した。はね板を、音をたてて上ると、フロント・グラスの視界に、微かに輝きを増した満月がとびこんで来た。

三上恭子は車のスピードをあげる。何かから断ち切られる思いがした。夫なら、恐らく女々しさというに違いない、あの船長の優しさが、恭子には何ものにもまして苦しいのであった。

或る詐欺師の敗北

急ブレーキをかけた瞬間から、自分がのっそりと車を下りるまでの何十秒かの時間を早渡《さわたり》次郎は、非常な冷静さをもって計っていた。

ブレーキが先であった。その直後に、ごつんと鈍い手応えがあって、青灰色の服を着た人間の姿が、道の脇の方に影が流れたように宙をとんだ。高くはなく、低くではあったが、とにかく人間は宙に浮いていた。接触した時の感覚は何とも言えない。柔らかいような固いような。弾力があるようなないような。道端にいた何十人かの視線が、凍りついたレンズになって、一せいにこちらを見た。その瞬間に、そこにあった光景の中のすべての動的なものは、動きを停めたように見える。

早渡次郎は、ドアを開けて下り立つまでに、自分はどうしたら最もトクか、を考えようとしていた。あがってはいけない。事実、早渡は、その持ち前の特殊な性格から、少しも動転してはいなかった。これで、しかし、俺もとうとう警察の御厄介になるか、と彼は思いながらドアを開けた。

今年三十二歳の長身の早渡次郎はこれまで何年間も、詐欺師として暮しをたてて来た。しかも、一回だって、警察にマークされたことはない。彼は前科などない、「まっさらな」過去を持っている。実にこれは信じられないほどの幸運であり、輝かしい手腕なのだ。

早渡は、当然のことながら、一秒の何分の一かの早さで、轢《ひ》き逃げすることも考えたのだった。しかし彼は又、同じくらいの素早さで、それは得策でないと思いなおしたのだった。

早渡は、青ざめて車から出た。人々が駆け寄っていた。轢かれた女は、ひどい血だった。彼はよろよろと歩いて行って、水溜りのようになった血の中に坐って女を抱いた。

少しも若くない女だった。もう五十近いだろう。グレーと青のニットのスーツを、比較的上手に着こなしているが顳顬《こめかみ》の血に乱れた髪が、貼りついたようになっている様子は凄まじい。

救急車が来るまで、早渡次郎は、そうして血の中に正座し、自分のハンケチを出して、女の傷に当てがっていた。その処置はおおむね正しかったようだ。こんな時に、あまり抜け目なく立ち廻ることは却って、周囲の人々に悪い印象を与える。早渡は、そんなことまで考えながら、そこに坐っていたのだった。

女は固く眼をつぶっていた。時々、小さく呻いた。血が出ているから、大丈夫かも知れない、という声が、どこからか聞えて来た時、早渡は日本人も交通事故馴れしたものだ、などと思っていた。

やがて、救急車が来て、白衣を着た隊員が、女を担架に乗せると、早渡は、「お願い致します」と呟き、深々と彼らに向って頭を下げた。それから、彼はパトカーの警官に連れられて警察に向った。

「あの方は、どういう方でしょうか」

早渡は取り調べのための小部屋に通されると椅子にうなだれたまま尋ねた。

「今、調べさしてるがね、ひとの奥さんだ。娘さんという人が駆けつけて来た」

「申し訳ありません。私にできる償いなら、何でも致します」

取り調べに当っていた係官は、出鼻をくじかれたような顔をした。勘のいい早渡はそれも計算済みだったのだ。こういう時、言い訳めいたことは誰でもする。早渡は常日頃から、誰でもすることはしないことにしているだけであった。果して係官は早渡に、顔や手の血と泥を洗って来るように言い、彼が洗面所から帰ってくるのを待っていて尋ねた。

「被害者はどんなふうだったのかね」

「誰か知り合いの人とお辞儀をし合ってました。それから急に、車道に出てきました」

「右を確認したかね」

「怪我をした後で、あの女のひとの横顔を見ましたが、あまり美しいので、びっくりしました。ああいう横顔は、私としては、助け起してから、初めて見たように思うのですが」

ということは、女は、少しも車の往き来を気にせずに（つまり左右を確認もせずに）、いきなり歩き出したということになる。しかし、それをまともに言ってはいけない。相手を非難することは、事故の後で最も当り前のことだからだ。

幸運なことに早渡の係官は、勘のいい男であった。彼は早渡が、「申し訳ありません。私が悪いのです」という度に、左右を確認もせずに、しかも横断歩道でもない所を歩き出した被害者の方を少しずつ悪いと思い始めていたのだった。

早渡はそれから、「私の運転していた車を見せて頂けませんでしょうか」と頼んだ。他人を轢いておいて、やっぱりすぐ気にかかるのは、自分の車のいたみ具合なんだな、と言いたげな相手に、早渡はすかさず、

「実はあの車は、頼まれて回送する途中だったのです。よそさまの車ですから、傷つけていれば詫びて弁償しなければならないのですが、今の今まで車の損耗のことなど、思い出しもしなかったんですが……」

と答えた。その言葉も警察側には殊勝なものに聞えたのだった。署の裏庭で、車を見た時、前照灯の脇が、ほんの微かに凹んでいるだけなのを見て、早渡は、「大した傷でなくてよかった」と呟き、「でも、車の方がもっと凹めばよかったんです」と言いそえた。警察での早渡次郎の心証は、ほぼ満点に近かった。

早渡は嘘をついているのではなかった。その時、早渡は、一時的に不動産屋をやっている

男の、社員、兼運転手のような仕事をしていたのである。車は確かに、主人の知人のパチンコ店主が、千葉県の成田から乗って来て大酒を飲み、酔ってタクシーで帰ってしまって放置して行ったのを成田の自宅まで持って行ってやってくれ、と頼まれたものである。

早渡が自分の精神状態を棚にあげて慄然としたのは、傭主《やといぬし》へ報告したあと、早渡自ら自動車の持主に電話をかけて回送が遅れる旨を報告した時であった。

「死んだのか？」

「いや、死んだということはないようですが、あちこち、かなりの骨折らしいです。申し訳ありません」

「心配するな、うちは対人保険が千万かかっとるから、医療費の心配なんかせんでいいんだ」

「はあ、どうも、申し訳ございません。とにかく、私は、早速、先方の病院を見舞いまして、それから、社長とも相談の上何とかお車をお届けする方法を考えます……」

「保険会社が万事やるだろう。それでもなお、面倒が起きそうだったら、うちの知合いの弁護士をやるからな」

早渡は、ひっそりと電話を切った。

この、自動車の持主と自分とは、世間的に言えば、恐らく同じ範疇に入るのであろう。自分が直接の被害さえ受けなければ、他人の傷には、全く心を動かされない冷酷きわまりない人間として……。しかし、本当はいくらか違う。早渡は心を動かされないのではない。動かされると困るので、それを防ぐようにしているだけだ。この車の持主は、数学的な人物であって、数字の上で辻褄《つじつま》が合ったり損をしない限り、何かに恐れおののいたり、当惑したりすることはない。しかし早渡は時々これでも「道徳的」な恐怖に駆られる。それだから又、詐欺には毒酒のうまさを感じるのかも知れない。

早渡は、その日の夕方近く、初めてひとりで、被害者を病院へ見舞った。彼はもうそれまでに、被害者の名前が明石園子といい、夫はS化学工業の常務取締役であること、被害者は、四十八歳で、アメリカ留学中の二十五歳の息子と、二十歳の娘がいるが、その娘は幼時に患った小児麻痺のために、かなりひどいびっこをひいていることなどを、警察で聞かされて来ていたのだった。

早渡は病室に入ってからも、ずっと顔を上げなかったし、たった一言「私が早渡と申します。この度はどうも、誠に申し訳ないことを致しました」と呟いただけで、彼は部屋の中に、どのような人々が何人いるかさえも確認しなかった。

只、彼はベッドの上の白い包帯のひとが、全く動かないのを見た。死んでいるのでもなく、苦しがってもいないところを見ると、怪我人は眠っているに違いなかった。早渡が入って来たのを見ると、そこにいた人々は当惑したような沈黙に陥った。その中でも、一際固く、沈黙に芯のような部分のあることを早渡は感じたが、それは、被害者ではなく、恐らくその夫のものであった。

「全く困るじゃないか、君、死ななかったからいい、っていうもんじゃないんだ。かりに快復が順調だとしても、一家の主婦が何カ月も寝たっきりになるってことは、それだけで、大変な迷惑なんだ。その挙句に、これで運動障害でも起してごらん。あんたはそれだけの償いができるのかね」

早渡に言ったのは、沈黙の芯になっている男ではない。誰だかわからないが、そばについていた男である。早渡は無論苦しげに手を握り合せ「は、できるかどうかはわかりませんが、とにかく私にできます限りのことを」と呟きながら、この男は何という無駄なことを言うのだろう、と考えていた。

「もういい、帰りたまえ」

「は、私がおりますと不愉快におなりでございましょうから、今日は帰らせて頂きますが、明日又、御様子を伺いに参上致します」

早渡はそう言うと深々と頭を下げて部屋を出たのだが、その夜、四畳半の下宿に帰って思い返した光景の中で、早渡は、ついに一言も言わなかった男の無気味さを改めて思い出した。詐欺師にとって心を許せるのは喋《しゃべ》る人間である。無言の人間ほど、心を測り難く、従って不安なものはない。

早渡が、真正面から顔をあげて、被害者の一家を見つめられるようになったのは、約一週間後である。

初め頭中を包んでいた包帯が部分的になると彼は被害者の顔も、初めてそばへ寄ってはっきりと眺めることができるようになった。

「あなたの方にも落度があるとは言え、毎日大変ですねえ」

と明石園子は言った。その時、病室には、園子と、娘の由禧《ゆき》の二人しかいなかった。

「いいえ、追い返されても、追い返されても、戸口の所までなりと伺おうと思っておりました」

早渡は、そう言いながら、自分は今何を企《たくら》んでいたのだろう、と思い返した。まず信じこませる、ということは第一歩である。しかし、今までの早渡の悪事は、かなり大がかりなものから、けちな小遣い稼ぎまで、ともかく、目標も筋書きもはっきり決まっていた。今も、目的がない訳ではない。心証をよくして、示談の金を安くしてもらう、という一応の目標はある。

しかし、それだけというのは、あまりに消極的だ。何かもう少し、既に引き起してしまった事故から、うまい汁が吸えないものか。いや、可能性はなきにしもあらずだ。それは早渡の第六感のようなものだった。

「ママだって、きっとその時、悪かったのよ。パパは、自分の方が、悪いなんて決して言うなって言ってるけど、ママの歩き方下手だものね」

　由禧が言うと、園子も、

「そうよ。ママはおっちょこちょいなところがあるから、きっと早渡さんの車を見てなかったのよ」

　と言うのだった。早渡は、

「いいえ、何はともあれ、事故を起せば、車の方が悪いのだということになっていますから」

　と言いはしたものの、実は更に少し薄気味悪いのであった。この母子の言うことを聞いたら、ここで一言も言わなかった（つまり言質《げんち》を与えなかった）用心深い明石精一という男は何と言うだろう。それにしても、この母子の無邪気さはどうだ。このような裏にはどこかに罠《わな》がしかけてあるのではないか。

　やがて、由禧が映画の試写会に行くから、と言って出て行ってしまうと、家政婦が洗濯に行っている間、早渡は、病人と二人、初めて病室の中に取り残された。

　女は若くはなかったが整った、今の時代にはあまり問題にされない、いわゆる「気品のある」顔立ちをしていた。そして、二人だけになると、彼女は、やっと自由になる上半身を無理して向きを変え、そばの棚から紙包みを取ろうとした。

「何か、御入り用ですか」

早渡は気がついて言った。

「いいえ、そのお菓子の箱を取って下さいませんか。赤いリボンのかかったの」

早渡は言われた通りにした。

「これね、お見舞に頂いたものですけど、あなたのおうちの方に上げて頂きたいと思って、取っておきましたの」

早渡は一瞬はっと、反射的に後ずさりしたが、それは決して計算済みの行動ではなかった。

「とんでもないことです。私は、何も本当にろくなお見舞の品さえぶら下げて来たことはないのです。それに、私には、女房も子供もおりません」

「本当ですか?」

女はびっくりしたような表情をした。

「はい、子供は今でもつくづく欲しいと思いますが、女房に逃げられた時から、女はもうあまり当てにはしなくなりました」

「あなたからは、血を頂戴していることを由禧から聞きましたのよ。血液型が違いますから、そのままそっくり頂く訳には行きませんでしたけど」

「私は実は、血液型が違ってほっとしたんです。私のような者の血を奥さまに使って頂く訳には行きませんが、他のいい血と取り換えて頂くことができるそうですから」

どうも、この手の会話は不得手だ、と早渡は思った。こんな上品ぶった話は、あまりにも白々しすぎる。詐欺師の会話は、嘘ばかりついているようでいて、実はかなりよく構成された架空の緊迫した現実感を持っているものだ。早渡は社交は得意ではない。第一、被害者が、こうも加害者をいたわり庇《かば》うというのは、この世知辛い世の中に考えられぬことで、そこには何か陥穽《かんせい》のようなものがあるのではないか。

「奥さんは、本当に逃げておしまいになったのですか？」

「はい、看護婦だったんですが、私があんまり、甲斐性なしで、まあ、早く言えば髪結の亭主みたいなものだったからでしょうか、或る日帰ってみたら、離縁状みたいなものが書いてあって追い出されていたんです」

早渡が、我ながらそれは一つの才能だと思うのは、嘘をついていると、次第にそれは、本当にあったことのような気がして来ることであった。彼はその看護婦が、初めから如何《いか》にまめまめしく自分を甲斐性なしの夫として甘やかしてくれたかを喋っていると、次第に口許に少しばかり淫蕩な感じのする黒子《ほくろ》のある、その女房だったという女の顔まで見えて来るような気がした。どうせその顔は、どこか別の所で——たとえば電車の中とか、パチンコ屋の玉売り場とかで——見た女のものなのだろうが、早渡は、何年も覚えていて、その女を妻にした場合の生活を、自分の心に組み立てることができるのだった。

「初め彼女は、私のつまらないことを、いろいろ好意的に見てくれたのです」

早渡は少し羞《は》じらうような表情を見せた。

「つまらないことってどんなことですの？」

その子供のような質問に、早渡は気を取りなおしたような表情を見せた。

「私は、お粥《かゆ》を煮たり、ちょっとした料理を作ったりするのが好きなんです。初め彼女は自分がそういうことがあまり得意でないもんですから私の手料理をひどく喜んでくれたんです。最初は総《すべ》てよかったんです。私が夕陽を眺めたり、詩を覚えたりするのが好きなことなんかも皆、大変いいことのように言ってくれましたし」

「詩、ねえ。私、詩なんて、もう何年て読んだこともないわ。早渡さんはどんなのがお好きなんですか」

早渡は、実は詩などあまり知らなかったのだった。しかし早渡は異常なまでに記憶力がよかったから、一度か二度読んだだけで、詩の五、六篇は、さわりの所くらいなら、すぐ覚えるのであった。

「萩原朔太郎の《大工の弟子》というのなんか少年時代に好きだったんです」

それは《僕は都会に行き　家を建てる術を学ばう。》という言葉に始まるのだった。早渡は乞われるままに、その数行を暗唱した。

《僕は大工の弟子となり
大きな晴れた空に向つて
人畜の怒れるやうな家根を造らう。》

それから何行かあって、
《甍《いらか》が翼《つばさ》を張りひろげて
夏の烈日の空にかがやくとき》
それから更に三行あって、
《僕は人生に退屈したから
大工の弟子になつて勉強しよう。》
となるのだった。
「いい詩ね。その気持よくわかりますね」
「そのうちに彼女は現実に立ちかえったんでしょう。私と一緒に寝呆けた生活なんかしてても無意味だと思ったらしいんです。医者にくどかれたんだとかいう話も聞きました」
このストーリーの作り方は少し通俗的だった、と早渡は後悔した。これは安っぽいメロドラマの筋だ。しかし彼は決してそれらしい表情は見せなかった。
「そうなるともう、私の何もかもがいやになったというんです。金を儲けなければいけない時にも、私は《夕陽くらいきれいなものはないじゃないか》と言ってごまかしていたんだというんです。彼女が疲れている時に夕飯の仕度をしたことだって、男としての働きがないんだから、当り前だと言うんです。私は一人なら貧乏をそれほど辛いものと思わなくて済みます。けれど、彼女といると心底から金のないのがみじめに思えて来たんです」

「まあ、そうですの」

その日、そこで喋ったことは、病人を退屈させないための御座興に過ぎぬ、と早渡は思った。


由禧という娘は、早渡にとって謎であった。病人が多少よくなるにつれ、早渡の見舞も、勤め先への気兼ねから、もっぱら夜ばかりになったが、そんな時、病室の一隅に、夜行性の動物のように坐っていられると、早渡は我にもなく落ちつかない思いになるのだった。

早渡が、母娘の会話を邪魔しては悪いという口実で早々とそこを引きあげようとすると、由禧は、

「私も早渡さんと一緒に帰る」

などと言って、平然とついて来るのだった。

「おもしろいのよ」

由禧は、独特の音をたてて足をひきずりながらさもおかしそうに病院の廊下で囁《ささや》くのだった。

「お母さまはね、早渡さんに、すっかりお熱なのよ」

「御冗談をおっしゃらないで下さい」

早渡はこのような会話も苦手だった。会話のトーンを変えるなら、自分の方から変化させ

たいのである。

「だって、実は彼女こそ、早渡さん、みたいな人を求めてるんだもの」

「そんなこと、とんでもないことです。お宅のお父さまのような立派な方がいられるのに、もってのほかです」

早渡はいよいよ不安を覚えた。

「まあ、いいわ。そのうちわかるでしょうから。だけど、私もね、実は早渡さんに悪いことしたのよ」

「何です？」

どうも、この小栗鼠《りす》のような娘は、びっこの脚も話題も共に飛躍しすぎて落ち着かない。

「私ね、あなたの身の上話、母から聞いて、初めみんな作り話だと思っちゃったのよ、ごめんなさいね」

詐欺師でなく、自分に殺人の前科があったなら、今この小娘をひねりつぶすのではないかと、早渡は思った。

「でも、嘘でも本当でも、母をあれだけ感激させれば本物よね」

「それは、そちらがお決めになることです」

早渡はむっとしてみせた。

「ねえ、お茶のみに行きましょうよ。私も、早渡さん好きなの」

早渡はほとほと呆気にとられた。しかし、それを拒否するだけの理由はなかったので、彼は病院の前の、よく医者たちが出入りしている喫茶店へ娘を連れて入った。

「うちのお父さま、早渡さんに、いくらふっかけた？」

「治療費やら何から、そちらからみれば当然の額です。もっとも、もし、車の持主が保険に入っていてくれなかったら、私には、とうてい払い切れる額ではありませんけど」

由禧は子供っぽい顔に前髪を垂らし、その髪をかき上げる退廃的な仕草の中で言った。

「初めて早渡さんがお見舞に来た時、お父さまは何故、一言も言わなかったと思う？」

「我慢していて下さったんでしょう。本当は私を殴りつけたいと思われたのかも知れない……」

「お父さまはね、どうしてか知らないけど、あなたなんか口をきくに価しない人だと思ってるの。だから黙ってたのよ」

「だって、その通りじゃありませんか」

早渡は、急に胸の中に潮が吹き上げるように感じた。それは怒りの波であった。彼はそれから数分の間に、崩れかかろうとしている自分の心理を、荒天の日の水夫たちのような思いで、何とかたてなおし、流されぬように縛りつけた。

「お嬢さんは僕のような男はどういうふうに生きたらいいとお思いですか」

早渡は、ウエイトレスが注文を聞いて立ち去ると、由禧に尋ねた。

「僕は、貧しいのも平気なんです。僕にもし女房がいるとしたら一緒に星を見たり、歌を歌ったり、詩について語ったり、病気の時看病し合ったりし合えればいいんです。僕は、こういうことは、実は案外大切なことだと思ってました」

由禧は上の空で聞いていた。

「いいんじゃない？　それ」

娘はお義理のように答えると、突然、早渡に向って尋ねた。その質問がもう数分前から娘の心にひっかかっていたようだった。

「早渡さん、うちのお母さまと私と、どっちがきれいだと思う？」

早渡は一瞬考えてみせてから答えた。

「本当のことを言いますね」

早渡は娘が軽く、息をひそめるのをまともに見ながら言った。

「お母さまです」

このような科白《せりふ》こそ、実は早渡が最も好むものであった。一つの言葉がその後も長く力を持つということは快い。

「じゃあ、早渡さんは、お母さまが好き？」

「好きです。というより、あがめてます。勿体なくて」

「どうも、ありがとうございました。母をほめて下さると嬉しい」

どうも変な具合だ。この娘の頭の中はいったいどうなっているのか。

人間の残像現象のようなものがある。別れた後の印象だ。早渡は、明石由禧について、下宿へ帰ってから考えると、そこに信じられないほどの健康さを感じるのだった。健康的だということは、常識的だということではない。常識を超えた奔放な自由さを持ち、それに充分に耐えて生きているという感じだ。言いたいことを言っても言われても、あの娘は傷つかない。あの小娘が健康だって？　そんなことはあるまい。早渡は自分に言いきかす。あのびっこの娘は体が不自由だからという理由で、昔から、学校も始終さぼりがちだったというし、運動も好きではないという。しかし強い。内臓が強そうなばかりでなく、精神が、飛躍にも、屈折にも、圧力にも、丈夫だ。しかし、あの父親には仕返しをしてやってもいい。

早渡は、娘のいない時、園子と二人だけになるとほっとするのだった。

「毎晩伺いまして、御主人がおいでの日がございましたら、御遠慮致しますから」

早渡は或る日園子に言った。

「いいえ、主人はいつだって、十一時前に帰って来たことはありませんのよ。ですから、早渡さんとぶつかるような時間に、病院へは参れませんから、お気兼ねなく」

この言葉を、どう受け取るべきだろうか、と早渡は考えた。明石精一は、夜のつき合いが多くて、家へは殆《ほとん》ど早く帰ることはないという。女もいるであろう。帰ってから、必ず風呂、それから、改めて軽く飲みなおすという。

明石は家へ帰っても、テレビを見るか、本を読むか、あとは最低限の連絡事項を夫婦の間でも語り合うだけである。それでもなお、明石は、帰宅した時、妻が、きちんと服装を整えて起きていなければ機嫌が悪かった。いやそれどころか、ベルが鳴る前に、玄関の戸が開けられていなければ不満だった。

「いつか、女中も休みの時に、由禧と私が、流感でたおれたことがあるんですの。その時は大変でしたわ」

明石も、長男も、台所仕事などしたことがない。家政婦会は急場の間に合わず、しかも明石は、店屋物を食べることを一切認めなかった。園子は九度五分の熱をおして、台所に立ち、いつもと同じように、夫の帰宅を待った。

「私だったら、そういう時、本当に役に立つのです。お粥でもスープでも、卵酒でもおいしく作りますし、氷嚢《ひょうのう》の氷掻《か》くのなんかもうまいんです」

「本当にそんなだったら、どんなにいいでしょう」

しかし早渡は、すでに由禧の口から、明石精一と園子の結婚生活が決してしあわせではないことを聞いて知っていた。

明石は虚偽的な男だった。他人と一緒に旅行でもする時は、必ず園子を窓際に坐らせ、寒くはないか、暑くはないか、と大変な気の配りようを見せる。彼は恐妻家と言われるのが好きなのだ。それでいて、ホテルの部屋のドアの前で人々と別れ、夫婦だけになった途端、明石は黙りこむ。煙草。水。風呂とっといてくれ。言葉はすべて命令形になる。そしてやがて、明石は必ず夜遅くなってから、部屋を脱け出して飲みに行く。昨夜は、急に高校時代の友人に引っぱり出されましてね、と彼は平然と翌日の朝食の席で言う。いやそのような嘘よりも、耐え難いのは、明石の酔っ払い方であった。時々、彼は酒乱のようになった。端然と部屋まで帰って来て、それから急に支離滅裂になる。園子の髪を引っぱって引き廻したり、園子の父に十年前、はっきりした理由があって十万円ばかり融通したことを、お前の親爺に盗まれた十万円の金を何とかしろ、などと繰り返す。

「奥さんは他人に尽すばかりで、してもらいになったことがないんですね」

と早渡は由禧から聞いた話を思い出しながら言った。

「そんなことはありませんわ。私なんか、自分に何の働きもないのに、こうして生きて来られたんですもの。それに尽すっていうことは昔の女から見れば当り前ですわ」

「今は男も女もないんです。僕は嵐になったら、着ているシャツを脱いで、女にかけてやります。シャツもなかったら、僕の体の下で、女を庇います」

「あなたを見ると、お若くて本当に気持が明るくなるわ。由禧なんかは、きっと、新しい時代のしあわせな結婚をするんでしょうね」

「由禧なんかは、とおっしゃいましたね。あなたはしあわせじゃないんですね」

「いいえ、私は充分、満足してます」

「嘘をつかないで下さい」

と早渡は小声で言ってから、更に声を落した。

「申し訳ありませんでした。私のような立場の者が、奥さんの御生活に、そんなに立ち入ることが許される筈《はず》はありませんでした」

「いいえ、いつかも申しあげたように、私は今、とてもしあわせなんですのよ。早渡さんに優しくして頂いてますから」

「私が、見舞に伺う口実がなくなったら、どうしますか。私は毎日でも奥さんにお会いしたい。奥さんはいつまでも貞女でいて、それで、退院された後、又、今まで通りの生活に、何の疑問も持たずに戻って行けるおつもりですか」

早渡は園子の手を取った。すると言葉では何も言わない園子の指が、縋《すが》りつくように早渡の掌に指を立てた。


しかし、その段階でもまだ、早渡には、この事件がどのような意味を持つのか、はっきりした見通しをたてることはできなかった。

園子は間もなく退院して、早渡からみても、さして大きいとは言えない家に帰って行った。一流会社で、交際費を年間、何百万と使える男も、生活はこの程度か、という感じである。家はまあまあだが家具がお粗末で、シャンデリアばかり高価そうである。

一度だけ、早渡は園子の耳に、「あなたを生活させるだけのものができて、私が迎えに来たとしたら、あなたは一緒に来て下さいますか」

と聞き、園子が無言で深く頷くのを確認したのだった。

「その時は、御主人に、はっきりあなたの口から言えますか」

と早渡は念を押して、それにも園子は深く頷いたのだった。

実はこの年の女の心に火をつけるのは、十代の娘をぽっとさせるより易しい。しかし、早渡にとって、これは純粋なたぶらかしでもないのだった。早渡は常に現実と夢の差がはっきりしなくなる。明石園子は、一緒に暮せば、暮し甲斐のある女のようにも思う。園子は何より誠実だ。バカに近いほど誠実だ。酒乱の夫と一緒に世間体をつくろって、何十年も、離婚することなど考えずにやって来ている。

しかし、扱いにくいのは娘の由禧の方だ。

「早渡さん、あなたお母さまにいかれてるようだけど、お母さまの腿《もも》の肉の弛《ゆる》みっぷりを見たら、ちょっと幻滅よ」

などと、けろけろした顔で言う。

「どっちかにするなら、私にしなさいよ。年とれば、ちょうどお母さまみたいになるんだから、先が楽しみよ」

「お母さまみたいにはならない。あなたはあなただ」

本当にこちらはバカみたいに健康だ。早渡は思う。

若さとは何といいものだろう。この皮膚のみずみずしい張り方。この野放図な人生への立ち向い方。この女と暮せたら……純粋にそのことだけを考えると、悪くはないような気がする。

早渡は、ひどく奇妙なスリルを味わった。母娘の中で早渡は喋ったり、お茶をのんだり、二人の女たちのために椅子をひいてやったり、ショールを持って来てやったりする。園子の行動が不自由なので、二人の女たちは同じくらいの不具であった。行動は共にのろい。早渡はそれぞれに相手の見えぬ所で、彼女たちの心を乱すような通信を送るのだった。娘に見えぬように母の手を握り、母の見えぬ所で娘と同じ菓子を分け合って食べる。その父親のいない家は、今は早渡の存在のおかげで、微かな堕落と、疑似恋愛の香りのする緊張に満ちて、二人の母と娘はそれぞれに、自分にかけられたまぎれもない「愛」を想って、苦しみながらはしゃいでいるのだった。もっとも由禧は或る日早渡に囁いた。

「自分がもててるんだなんて思わないでよ。お父さまに嫌がらせをしたいから、あなたと仲好くしてるんだから」

早渡は信じない、ふりをした。

そう言いながらも、由禧も早渡を嫌ってはいない。早渡は時々、こっそり由禧と唇を合わせた。母親の園子とは黙って見つめ合うことが多かった。一つ一つのさりげない行為が、或る種の心理的な釘のようになってうちこまれる。娘のいない隙に、早渡は、明石夫人を幼いとしいもののように呼ぶ。母親のいない間に、由禧にはむっつりと甘えて見せる。この奇妙な倒錯した呼びかけが、無限に甘く新鮮に感じられるのだ。

園子は一日一日と快復に向った。

暑い若葉のような夏の日が過ぎて、(といっても、病室にはクーラーがあったが)秋風の中にコスモスが揺れるようになると、園子は或る日曜日に、初めて歩行練習を、早渡の手に縋って始めた。男の手に頼りかかって、輝くような快復期の予感の中で、女の手は《あまりしあわせなので冷たくなって》しまっている。

早渡が、初めて詐欺師としての出番を考え出したのは、その頃であった。女たちとの間に、文字通り、秋風が立ち始めたのだ。早渡が欲しいのはあくまで、金であった。女たちの肉体は、ここまで深入りすると却って高上りにつく場合もあることを、早渡は知っていたのだった。

或る日、早渡は明石精一の会社に二通の電話をかけた。

一通は秘書課を呼び出し、いかにも赤新聞らしい架空の新聞社の記者だと名のった。声は意識的に作り声で喋った。

「此の度は、奥さま大変なことでしたが、まあ御全快のご様子で、何よりでした。只伺いますと、加害者と大変、友好的になられたとかで、最近珍しい美談と承っているのですが、それについて、明後日にでも伺いたいので、常務さんによろしくお伝え下さいませんか」

秘書が、「ちょっとお待ち下さい」と慌てている間に彼は電話を切った。

更にその翌日の夕方、彼はもう一度、本名で明石精一を会社に呼び出した。

「実はもう奥さまも、全快まぢかでいられるようですし、私はそろそろ、おいとまをさせて頂こうかと存じますが、それにつきまして……」

示談の話ではなく、一度、会社の方にお伺いしてお話ししたい、と早渡は言った。

「実は、奥さまやお嬢さまのいらっしゃらない所で、お話ししたいんです」

明石は、ちょっと考えていたが、

「いいでしょう。明日の午後なら、三十分ほど空けておきます」

と尊大な口調で言った。

早渡は影法師の冷えこんだ都会の秋を、舗道に踏みしめながら丸の内の会社へ向った。いつかこれらの灰色の高層建築に住む組織を相手に胸のすくような大博奕《ばくち》をうってみたい、と早渡は夢想した。

彼はステンレスと大理石の壁の中までしのび入っている秋を肌で味わいながら、或るビルの四階に上り、倉庫のような空気を持つ応接室で、明石を待った。

「やあ、お待たせしました」

と明石はむっつりしたまま、早渡の向いの席に坐った。

「実は、何と申し上げていいかわからないことになったのです」

女子社員が、お茶をおいて引き下ると、早渡は、吃《ども》り、ためらいながら言い始めた。

「私としては、もう少し、御全快までお見舞したかったのです。しかしお嬢さんと奥さまとの間に、私の身のふり方に関する監視が厳しくなったのです。何かいくらかご存じでしょうか」

明石は不愉快そうに、

「先をお続け下さい」

と言っただけだった。

「私が奥さまの身のまわりのことに、手をお貸しすると、お嬢さんがやきもちをやかれる。それは私の本意にないので、今度は、お嬢さんとお話するようにすると、奥さまが私がお嬢さんに近づくことはないとおっしゃる」

明石は石のように聞いていた。

「私はただ、おかけした御迷惑を少しでも償おうとしていただけなのに、このままお宅に出入りしていたら、御主人と、奥さまとお嬢さんとそれぞれに申し訳ないような事態にもなりかねない。この上は、東京を離れて、身を隠す方が一番皆さんのためなのだ、と思い始めたんです。万が一、こういう状態が外部に洩れたら、これは醜聞になってしまう。それで誠に申し訳ございませんが、今、地方落ちするとなると、勤め先にも不義理をして出ることになりますので、何とか少し、次の仕事を見つける間の援助をして頂けないかと思って、御相談に上ったのです」

早渡は恐れさせないで、相手を脅迫することを知っていた。彼は何度も額の汗を拭いてみせた。しかし彼の意思がうまく通らなかったら、この見栄坊の男にとって、最も不愉快な身内の不始末は、たちどころに洩らされるという警告は明らかに含まれている。一方であの赤新聞の記者が、今にもここへ現われるかも知れない時刻なのだ。

「いいでしょう」

明石精一はあっさりと言った。計算の確かな男だ、と早渡は思った。こういう問題は、お互いによくわからぬままに、金で解決した方がいいのだ。明石は上着の内ポケットに手を入れ、一枚の安物の封筒を引き出した。

「ここに、十万あります。お引越しの資金としては、十分でしょう」

早渡は五十万くらいの金を考えていたのだった。このまま押して行けば、母娘は、どちらかが決定的に傷つくまで、早渡をめぐって対立するかも知れないのだから。

「実はもう少し、お出し頂けないかと考えていました」

「金がないのですよ、私は。あの家一つだって建てなおしたいのに、その資金がない。ない袖は振れんのですよ」

その言い方にふてぶてしく居なおるような姿勢が感じられた時、早渡は素早く計算した。

「いえ、そんな御事情でしたら、私は、もう、もともと御迷惑をおかけした立場でしたのですから、引き下ります。只今、この場から立ち去って二度と現われないように致します」

彼はそう言って、茶封筒の中味をちょっと改めてから懐中した。

「今すぐ、どこかへ行きますか」

明石は、鉱物質の目つきで早渡を見た。

「奥さまもお嬢さまも、私の下宿をご存じですから、すぐに荷物をとりまとめて、すぐどこか、知人の家にでも引き移ります。最終的な示談については、成田の車の持主さんと御連絡下さればいいのですから」

「そうしましょう」

明石は黙々と考えながら、早渡を見送ろうとしているように見えた。しかし早渡がドアの方へ歩きかけた時、明石は突然言った。

「早渡さん。貧乏な私が十万の現金をここに持っていたのは不思議だと思いませんか。しかもちゃんと封筒に入れてですね」

早渡は落ちついて答えた。

「常務さんのような方は、いつでもポケットにその程度のお金はお持ちでしょう」

「まあ、そうお思いになっているのならおもしろいですがね」

早渡は微笑して見せた。

「気がつきませんでした。これはどなたか女性へのお手当だったでしょうか」

「いや、女などいません」

明石はそう言いながら立ち上った。

「早渡さん。偶然、私は女房について、もう一通、或る所から電話をもらったんですよ。そのために、私は十万の金を用意した。しかし、今、あなたと話をしているうちに、私は第二の人物はもう現われないような気がしたんです。現われる必要はもともとなかったような気がしたんです。しかしどっちみち、その男にくれてやるかも知れないような金だったんだから、あなたにさし上げようと思ったんですな」

早渡の血管の中の血は凍りかけた。

「いや、まあ、そんなことはどうでもいい。本当のところは私はあなたにそれくらいの金をさし上げてもいいような気がしたんですよ。あのいい年をして甘い愚かな妻と、我儘な自意識過剰の娘を、事件以来、三カ月半、よくお守して楽しませて下さった。しかも毎日ですよ。もう数年前のことになるが、私は息子の家庭教師にだって時間当りもう少し高く払いましたよ。あなたは実に割の悪い商売をなすったが、お互いに、これできれいさっぱり忘れられれば、ちっとも高いもんでも安いもんでもない。そうお思いなさい」

早渡次郎はふり返った。彼は一瞬悲しげな表情を湛《たた》えて、何も言わなかった。沈黙は何よりも便利な正確な表現であった。彼は心の中で、半ば成功に終ったように見えるこの仕事が、本質に於ては、彼の敗北に終っていたことを悟っていたからだった。

夢《ゆめ》幻《まぼろし》

1

見知らぬ者から、急に手紙が来たということで、あなたは驚いていられるかも知れません。私の名前は、チャールス・ライリーと言います。私の名前に御記憶なければ、吉井百合香の夫だった男と言えば、おわかりになるでしょうか。

吉井百合香は、今から十年ほど前のあなたの小説の中に「大島紬《つむぎ》の着物を着て、竪琴《ハープ》を弾く娘」として登場した筈《はず》です。あなたは、友人の家で、彼女を紹介され、初め、あまり古典的な容貌をもった娘だったので驚き、次に音楽学校でハープを専攻していると聞いて二度驚き、三度目に、彼女が正式の結婚でない男との間に、五歳の娘がいる、と聞いて、三度驚いた、と書いていられる、その女です。

あなたが、お会いになって間もなく、彼女はハワイへ留学したのです。彼女のハープは遂にものにならなかった。もともと才能があった訳ではありません。彼女の行っていた音楽大学は二流か三流校でしょうし、私の聞いた限り、彼女の音楽には頽廃の甘美さはありましたが、それらはひ弱く、なげやりで、もっと真向うから、血を流して苦しんだり、謳いあげたりするという響きはありませんでした。もっともハープ自体が、私から言わせれば、もう思想を語るに不充分になった楽器ですが。ですから、ハワイに留学したのも、音楽とは無縁なアメリカ文学をやるためでした。

私たちは、そこで会ったのです。

私は一目で、彼女が、音楽や文学の理解者であり得る訳はないと思いました。彼女はもっと優しかったのです。彼女は子供のように自分に誠実で、理性的に自分以外の人生を受けとめたりするタイプではなかったのです。あのけだるい底抜けに明るいハワイの海と空のもとで、リチャード・ライト（アメリカの黒人作家）の作品など読んでいる百合香を見ていると、私はかわいい気がしました。なぜなら日本人の彼女に、黒人問題が感覚的にわかる訳もないし、ライトの作品の世界は、色になおせば、セピヤと黒です。それを青と白と真紅のハワイで読んでいるのですから、私はおかしくなったのです。

私は当時、ハワイの東西研究所《イースト・ウエスト・センター》から奨学金をもらって、大学院で文化人類学をやっていました。ハワイ近海のポリネシアの伝統的な航海技術や漁法について調べていたのです。

人間が魚をとって食べるようになったのは、七万年ほど前からと言われています。日本書紀に、有名な海幸彦、山幸彦の伝説がありますし、他にも巻ノ十に、海人《あま》たちが従わないので、阿曇連《あずみのむらじ》の祖大浜宿禰《おやおおはまのすくね》をつかわして平定させ、その功を奏して海人の宰《みこともち》とした、という記録があります。私は自分の研究を、あと十カ月もすれば一応まとめられそうな時期にありました。その時、私は百合香に会い、心を奪われてしまったのです。

あなたは、あの通俗的なワイキキの通りをご存じですか？　夕方、少し涼風が吹き出す頃、あの通りを行く人々の姿を見ていると、私はどうしても灯を慕って集まって来る蛾を連想せずにはいられませんでした。ことにアロハの日というのが、一週に一度あって、その日はとにかく、町中の男たちがアロハを着る。女たちも、その日はムウムウが多くなる。ムウムウと言ってもハワイのムウムウは全く蛾のようです。なぜなら、裾まである長いムウムウもけっこう多いのですから。その中には原色の絹で、脇のところに長いフラップをつけたものもあって、それが海からの微風を受けると、まるで日本の振袖のように優雅に翻えるのです。男たちも、アロハ、アロハです。色が宵闇の町に鮮かに溢れている。蛾です。まさに極彩色の蛾の大群です。

私はその町を百合香を連れて歩いた。彼女は、異国情緒を売りものにしたくはない、と言ってハワイでは、和服を着ていませんでした。その代わり、彼女はだぶだぶの旧式なスタイルではない、もっと細身の体に合わせて仕立てた、長いムウムウを実に上品に着ていた。五歳の子供のあることも、その子の父親が、実に下らない男だった（銀座でバーテンをしていた）ことも、彼女は隠しませんでした。彼女は福井県の田舎の小さな町の造酒屋の一人娘で、音楽の勉強をしに東京へ出て来ているうちに、不幸な境遇に育ったそのバーテンと知り合い、彼に、「苦しいから、寝てくれよ」と言われて、それだけでできた子をまた不憫になって堕胎もできずに産んだというのです。

男は、彼女の妊娠を知ってから、行方をくらまして、今もそのままだそうでしたが、

「名前もよく知らないの。良っちゃんって言ったの。苗字は石川っていうんだけど、本名かどうかわからない」

という言い方が、あどけなくて、私はいとしくてなりませんでした。彼女は、大都会の方が人目につきにくい、と言うので、横浜の病院で赤ん坊を産み、当時四歳半になっていた娘は、そのまま、田舎の祖父母のもとで育てられていたのです。

田舎は——アメリカでも或る意味では同じですが——他人の目もうるさいので、彼女の父母は、型破りの人生を歩いている娘をどこへでもいいから、やってしまうほうが気が楽だったのでしょう。ハワイは私のような特殊な学問を目的とする人間でない限り、研究したり思索したりするのに適した所ではありません。百合香に会う前から、私は、いずれは次の研究の目的地を東南アジアのどこかにすることに決めていました。有名なのはメルギー諸島のマウケン族、カンボジアの湖沼に住む漁民、中国大陸南部にいる蜑民《たんみん》などです。

しかし百合香に会ってから、私はかねがね私の研究の対象の一つとして心にあった日本の

海士《あま》と鵜飼《うかい》の調査を始めたいと思うようになりました。勿論、百合香と結婚した上で、日本に住もうと思ったのです。私は、本の上だけの知識ですが、それらのことに関しては、百合香よりずっと詳しかったので、彼女はびっくりしたようでした。

彼女は、バーテンとのことがあってから、親たちとは精神的に全く別の立ち場に独立しているので、私との結婚について改めて許可を求める必要などない、と言ったのですが、私は日本人が外人との結婚を嫌うということをよく聞いていましたので、とにかく彼女に、結婚したいことを仄《ほのめ》かす手紙くらいは書き送って親たちの反応を見るように薦めたのです。彼女の父からはすぐに返事が来ました。

百合香の翻訳によると、自分はお前が、今までどのような不始末をしでかして来ても、決して文句を言わなかった。子供ではないのだから、自分のことは自分で決めるようにすればいいのだと思っていた。

今度のことも、あくまで百合香の判断に任せる。只一つだけ言っておくことがある。子供を捨てることだけは許さない。その男がお前と一緒に、お前の子供を引き受けると言うのならいいが、お前が子供を私たちに押しつけておいて、二人だけで暮らそうという魂胆なら私は、子供をどこか施設へ預けてしまうつもりだ、と父親は書いて来たのです。

私は、勿論、百合香の娘を引きとって暮らすことに不満はありませんでした。私は急に五歳の少女の父になるのです。その思いは、いささか私をくすぐったい思いにもさせましたが、私はどうしたら、私の誠意を彼女の一家に示せるか、ということで頭の中が一ぱいになりました。

私自身の立ち場についても、少しお話ししておくべきでしょう。

私は学生時代に、ボストンで、或る化粧品店で働いていた娘と仲良くなったことがありました。彼女は、陽炎《かげろう》のような娘で、いつも熱っぽく明るく燃えており、私の外にも、ずいぶん気のあった青年もいたらしいのですが、私は彼女の慎しい家族の夕食にも加えられるようになり、私が改って申し込みさえすれば、二人の結婚は時間の問題だと思われていたのです。

私は十七歳の時に父を失い、母はその後、妹を連れて、カリフォルニアに住んでいました。銀行でかなりのポストを得ていた男と再婚したのです。義理の父は決して狭量な男ではなかったのですが、私は、やはり、自分の家というものがないような思いで、青春時代を過ごして来たので、下町の質素なアパートの一階にある彼女の家が、たまらなく好きだったのです。

そんな或る日、彼女は、私に過去の告白を始めました。目立つ娘ですから、男友達がない筈はない。中にはかなり親密な関係になった男もいただろう、と私は想像し、覚悟していたつもりでしたが、貯水池の傍《そば》までドライヴして、その車の中で聞かされた話には、うんざりしました。月光の瑞々《みずみず》しい夜でしたが、本当に一夜で、私は彼女に興覚めしたのです。私が愛している女の過去にこだわる男ではないことは、百合香とのことを見て頂けばわかると思います。過去の事実ではない、その受けとめ方と話し方に私は嫌気がさしたのだと思います。

私は、母にも手紙を出して、自分が日本の女と結婚しようと思っていることを告げました。百合香に娘のあることも無論、隠しはしませんでした。

するとと母からは、自分は積極的にこの結婚に賛成も反対もしない、と書いた手紙が来ました。只、母は、異国の女と結婚することは、悪夢に似たようなものになるだろう、と言うのです。その母の言い方には、太平洋戦争に参加して日本人が大嫌いだった父の影響が微かながら残っていました。しかし、それでもなお、私が結婚すると言うのなら、亡くなった私の父が母に贈ったダイヤの婚約指輪と結婚指輪を送る、というのです。母は現在の夫からもらった指輪をはめているので、亡くなった前夫から贈られたものは私か妹に返すべきだと考えていたのでしょう。私が、指輪を送って欲しいと言うと、母は早速、書留郵便で指輪を届けてくれました。

私は自分の誠意を示すために、百合香と結婚する前に、まず、彼女の娘と養子縁組をすることに決めました。これは意外に彼女の両親にも好意的に受け入れられたので、私はめんどうくさい数々の法律的な書類を作ることも、少しも苦になりませんでした。私は百合香と、彼女のために アメリカでも日本でも通用しやすい名前を選びました。里紗・ライリーです。五月の初め、私たちは小さな里紗を何らかの方法でホノルルへ迎える。それから私たちは結婚の式をあげる。

この予定はうまく行きました。里紗は、福井のお祖母《ばあ》さんが連れて来てくれることになったのです。

里紗が着く前の晩、私は興奮して、百合香に言いました。

「お気の毒だね、今この瞬間、君は子供を、外国人の男に養子にとられてしまってるんだ」

この冗談には、迫力があって、ずっしりと重い、いぶし銀の手ざわりのような幸福を秘めているように思われました。

「それに比べて、僕はどうだ。もう五つになる娘がいる」

私は得意でした。

2

私たちの結婚式は、ホノルルでなく、マウイ島のカウポという所にある、小さな漁村の教会で行われました。

福井は絹織りものの産地で、そこに住む人々は、皆、着物道楽で、京都と同様福井の着倒れという言葉もあるのだそうですが、百合香の母も、いつかは娘が人並みな結婚をする時のために、と言って、かねがね、結婚衣裳を調えてあったのに、娘の「不始末」から、それを使えないままにあったのですが、母は、それをそっくり携えて飛んで来たのです。母は驚いたことに高島田に結わせた鬘《かつら》まで持ってきました。よくサイズがわかったものだと私はびっくりしましたが、百合香は、昔から日本舞踊をやっていたので、自分の頭に合った鬘を持っていたのだそうです。

彼女は、日本髪を見れば、芸者しか連想しない土地で、そんなわざとらしいことをするのはいやだ、と言い張りましたが、私が薦めたので、しぶしぶ、純日本的な結婚衣裳で式をあげることになりました。

その日の何と澄んでいて、のどかで、何から何まで新鮮な物珍しさと驚きに満ちていたことか。カウポには私が調査のためによく行っていて、そこで知人が多くできたから式もそこであげたのですが、文金高島田に金銀の刺繡で千羽鶴を散らした豪華な裲襠《うちかけ》を着た百合香が素朴な漁村の人々の好奇の眼に見守られながら、胸にさした錦の懐剣の袋をきっと守るように胸を張って、静かに小さな古い教会の中に入って来た時の気品を、私は今でもありありと思い浮べられるのです。

合唱隊は、村の寄せ集めで、子供までまじっていましたから、間のびのした、音程も狂ったものでした。祭壇には、真紅のアンスリウムが飾られ、開け放たれた窓の外には、教会の裏庭が見え、見事なマンゴーの大木が、青い実を何百とつけていて、その下に、ハンモックを吊るして眠っている老人の姿が見えました。

私が、そんなふうに式の間、よそごとを考えていたと思わないで下さい。私は百合香がどんなに暑いだろう、と可哀そうでなりませんでした。彼女はこの土地の衣服の着方の常識の中では考えられないくらい豪華な衣裳を重ね着していたのですから。それでも彼女は、汗一つかいていませんでした。

彼女ひとりが、その日の風物の中で、清らかに澄んでいました。私が、外のだらけた風景を目にとめていたのは、私の母の言葉を思い出していたからです。これが母の言う「悪夢」の光景なのだな、と私は考えていたのです。これは美し過ぎ、しあわせすぎる悪夢です。しかし、この何ものとも調和しない百合香が厳然としてそこに立っているという点でなら、それは確かに悪夢かも知れない、と私は考えました。

自分たちの幸福にかまけて小さな里紗の存在を、私がなおざりにしていたと思われたら心外です。

私たちの結婚にとって、里紗はなくてはならないものでした。初め私たちは、皆が少しずつ戸惑っていました。里紗が長らく離れていた母親にあまりなつかなかったこと。心配されていた私に対してはむしろ平気で、百合香に「ダディ（お父ちゃま）」とおっしゃいと言われると、平気で「ダディ」と呼んでくれたこと。それを見て、心中秘かに、孫と私との間に一波瀾《ひとはらん》あることを望んでいたらしい百合香の母は少しがっかりしたらしいこと。しかしそれらは、どれも私たちの出発の遮《さまた》げにはなりませんでした。

もしもこの不思議な運命の変化を「悪夢」とするなら、私たちを悪夢から揺り動かして目覚めさせてくれたのが里紗でした。

里紗は、母親に似て、情のこわい（こういう言葉は日本では悪い意味を持つのかどうか、私にはわかりませんが、この場合むしろ好意的にとって頂きたいのです）性格で、私を少しのこだわりもなく、淡々と受け入れてくれました。里紗に溺れたのは私の方です。百合香は、色白の肌を大切にしているので、昼日中に、浜で泳ぐようなことは決してしませんので、私は時々里紗を連れて海岸へ行き、途方もなく澄んだ碧緑色《アクアマリーン》の水の中で、水泳ぎを覚えさせました。そしてふとふり返ると、海の中から私たちの借りているアパートの十五階の部屋が遠くに見えて、そのベランダに立っている黒髪の百合香の姿が粟粒《あわつぶ》のように見えることもあったのです。

里紗と私は、本当に仲好くなったのです。というより、里紗は私を利用するのがうまかったし、私は遊び相手として気に入ってもらうことを実に光栄に思っていました。夕暮れになると、私たちは親子三人で、近頃できた大きなショッピング・センターの中へ食糧の買い出しにでかけました。ハワイには、日本の食糧品も多く、私は百合香に日本料理を作ってもらい、箸の使い方もすっかり上手になって、いよいよ、あの「悪夢」の中の満ち足りた思いに酔ったのです。

私の仕事の後始末が八月末までかかったので、私たちは九月の初めに日本に帰ることになりました。そうです。私は帰るという言葉をさして抵抗なく使えるような気がしていたのです。私は百合香を先生にして、日本語の勉強を始め、漢字も百五十くらいは書けるようになっていました。里紗の方が無論、日本語は達者でしたが、私と里紗は英語と日本語を混ぜて使い、お互いに少しも意思の疎通に不自由はないようになっていたのです。

鵜飼というものをごらんになったことがありますか。

日本の鵜飼というと、皆さん、すぐ長良川、と言われますが、他にもかなりあるのです。広島県の三次、島根県の益田、高知県の吉野川筋、四万十川筋、仁淀川筋、大分県日田、福岡県の原鶴温泉附近の筑後川筋、などです。これらは舟鵜飼ですが、他に徒《かち》鵜飼と言って、人間が川の中に入って鵜を使うのもあるのです。島根県高津川の上流、鹿足郡柿ノ木に一軒、佐賀県神崎郡旧城田村に一軒という具合いです。

鵜匠の服装は、皆さんもよく御承知と思いますが、長良川の場合なら長さ三尺八寸の紺の麻布を烏帽子《えぼし》風に作って頭に頂き、じゅばんに紺木綿の着物、胸当て、帯を〆めたあとで裾をはしょり、藁製の腰蓑《こしみの》をつけます。履物はあしなか、といい、前半分だけの草鞋《わらじ》のようなものです。この腰蓑ですが、これは鵜から魚を吐かせる時、着物が濡れるので防水布の役に使うのですが、ポリネシアの人々が使う腰蓑とよく似ている点を忘れてはなりません。

日本に着いて一応東京に家を借りました。私は、三年ほどは日本で研究しながら暮らせるだけのお金を持っていたのです。もっとも、家は麻布の広尾町にある古い日本風の離れで、これは戦争中のアメリカ軍の空襲にも焼け残った建物だということでした。縁側のガラス戸の木は風化して痩せ細り、冬になったら定めし隙間風がひどかろう、とも思われましたが、今はさし当たり、荒れて繁った庭木の梢《こずえ》を通して、東京の真ん中とも思えない瑞々しい風がていたのです。この古めかしい木の家には、朽ちて倒れることを待っているような風情があって、それは石造りの家や、白ペンキで塗りたてたアメリカの家にはない優しさが感じられたのです。

百合香と里紗をこの家に落ちつかせると、私は早速、研究の材料を求めて、日本中を旅行し始めました。

私はまず型通りに長良川へ行き、それから知人の紹介を得て、高知県へ行きました。高知は、鵜飼の歴史的な宝庫だからです。この時は百合香を呼びました。私の日本語は日々刻々楽にはなっていましたが、それでも方言を聞きとることはかなりむずかしかったし、百合香がいれば、私は隅々まで理解することができるからです。

百合香は、里紗を、福井の祖父母に預け、私を追いかけて来てくれました。彼女は革の鳥うち帽にスラックスをはき、どんな川筋の奥深くまでも、ついて来られるような身仕度をしてやって来ました。彼女は性質上、村人たちと溶けこむ、ということはありませんでしたが、正確に私の通訳になろうとしてくれたのです。

鵜飼の敵はダムなのですが、四万十川だけにはまだその破壊的な人工の手が加えられていず、今はもうやめていても、そのやり方を詳しく知っている古老が、深い山奥にぽつぽつと残っているのでした。

それは高知の町から更に一旅行するような所なのです。徒鵜飼のことを、この辺ではカチビキと言っていました。徒づかいは一人一羽です。クビワの管には鹿角を用いたものもあり、私の興味をひいたのは、タスキ、クビワ、手縄などに、棕櫚縄を使っている点です。これも南方との繋りを考える一つの鍵になるかも知れないのです。

私たちは農家の囲炉裏のある部屋に通され多くの場合、多少無理強いの酒を飲ませられながら話を聞くのでした。イサリと呼ばれる一種のトーチ・ライトを使うやり方が実におもしろいのです。このトーチにはコエマツを燃やす松籠がついているのですが、初め、これは背中の後ろの方に、向けておいて、水面には自分の影ができるようにしておく。すると鮎はそこへ寄って来る。鵜は左手にとまらせておき、その鵜をさっと放つと同時に、イサリを前方へ出して水面を照らすのです。その光に驚いて逃げまどう鮎を鵜が捕える。ですから鵜を放つのとイサリを突き出すのと、その呼吸が一致しなければならない。

鵜匠の一人は、私に羅紗《らしゃ》の帽子を一つくれました。なぜ、羅紗などを使うかというと、川へ行くまで、鵜を頭にとまらせて行くのですが、その時、鵜に頭をかきむしられないためなのだそうで、私はその帽子を何よりの土産だと思いました。

そんな土地には、旅館というより、旅籠屋《はたごや》と呼ぶ方がふさわしいような宿しかありません。固い蒲団、小さな高い枕。私の足の先は蒲団からはみでていました。百合香自身も寝心地悪いのでしょう。しきりに寝返りをうっています。しかし百合香は決して、私に、宿の設備が悪くて困らないか、などとは言わないのでした。それが私を嬉しがらせました。私は好んで人生をこのように生きていることを百合香は知っていたのですから。

そんな夜、私はふと百合香は私を本当に愛しているのだろうか、と疑わしく思う日もありました。百合香は決してはしゃがないのです。私のことを「チャールス」と名前を呼びますが、アメリカの女たちのように、愛情の表現は殆《ほとん》どありませんでした。けれど、百合香は、決して私のやることに非難も反対もしない。留守をしておいで、と言えば東京の家におり、一緒に来てくれというと子供を置いてやって来る。私はその時、こんなふうに思ったのです。私がこんなにも百合香を愛しているのだから、他のことはどうでもいいじゃないか。百合香にとって私がどれほどの意味を持つか、また推し測ろうとするのは、私の出すぎた心配なのだ、と。


山奥の宿は音がありませんでした。

しかし、その静寂は、たとえば、アメリカのワイオミングの冷たい山中や、乾き切ったニューメキシコの砂漠の静寂とは、どうしても違っていました。この静かさには湿度があります。百合香の肌のような、或いは彼女のこまやかな心の襞《ひだ》のようなそんな気配があって、私はむしろ音がないどころかその山奥の里には魔物のように囁くものが満ちているような気さえしたのです。

「百合香」と私は呼び、彼女が「なあに」と答えてくれるとほっとしました。

「どうかしたの？　チャールス」

「いや、夢を見ているんじゃないのかと思ったんだ」

私がなぜ、こんなふうに言ったか、あなたはもうわかって頂けるでしょう。

冬になると、私は、鵜を捕えるところを見に出かけました。私はもうかなりたくさんの鵜匠たちと知り合いになっていましたし、こういう鵜匠たちは人の好いこの国の人々の中でも、特に優しく鄭重《ていちょう》であるように見えました。百合香はそれを当り前だと言いました。なぜなら自分の子供さえ後継者として当てにできない時代に、一風変わった外人がやって来て消えかけようとしている伝統を記録してくれると言うのだから、彼らが喜ぶのは、最も単純なエゴイズムからだというのです。

そんなことはどうでもよろしい。

私が見たのは、主に海鵜をとるところです。茨城県多賀郡の豊浦という海岸です。寒い海辺でした。鵜だけしかやって来ない小さな岩があるのです。その岩の島の絶壁になったところへ、身を隠すために蓆《むしろ》を垂らします。あとはモチをつけた棹を用意するだけ。囮《おとり》の剝製は、手ずれて羽も禿げちょろけになっています。私はアノラックを着て、十王村の伊師部落のYさんという老人と風の音を聞いている。

やがて囮の剝製をみて、鵜が下りて来る。とYさんは素早く蓆の陰から鵜をさすのです。「さす」という言葉を私はもっと生々しい感じで受け取っていましたが、それは全くまちがっていることがわかりました。モチで捕えられた鵜は、人間の姿を見ていないのですから、恐怖もなく、魔術にかけられたように、というより、一体、自分の身の上に何が起ったのかわからないままにたぐり寄せられてしまうのです。

「さす」という日本語は、決して、皮膚や肉を刺すのではなく、もっと幽雅な意味を持つことを、私は理解することができたのです。

私は荒鵜の眼瞼《まぶた》を縫い、それを籠に入れて目的地に着くまで、ずっとついて歩きました。鵜を馴らす上でおもしろく思ったのは、鵜籠は、二つに区切って二羽の鵜を入れるのですが、この一組は、カタリアイと呼ばれて、生涯大そう仲がいいのです。これは二羽がまだ荒鵜の頃からいつも一組にされているからだと言います。そして一羽が死ぬと、残った片方も元気を失い、新たにカップルを作ろうとしても、なかなかうまくいかない。ひどい時には、魚も獲らなくなって死ぬのもあるのだそうです。それで、カタリアイは夫婦の愛だという人もありますが、それは間違いで、荒鵜の時からなら、どんな鳥でも、二羽は必ず仲よくなるのです。第一、鵜の雄雌はなかなか玄人《くろうと》にもわかりません。なぜなら飼われた鵜は、交尾もしなければ、卵も産まないのです。

野生の鵜が捕えられた時、どんな思いになるのか、人間にわかる方法はありませんが、その時、一緒に、新たな運命に連れ込まれた仲間には、深い恩愛の情を抱くのでしょう。男（雄）同士でも、囚人は労り合う気持になるのかも知れません。私はそんな時、ふと鵜を自分に置き換えていました。

海鵜が人間に飼われるほどではないにしても、私も異国のこの不思議な社会へ迷い込んでしまった。百合香も青春に傷ついて外国へ来ていた。私たち二人は荒鵜の時に、カタリアイになったのではないかと考えたのです。

私たちのしあわせな生活は丸二年半続きました。

私たちは、二度目の正月を福井の、百合香の実家に帰って親孝行をすることにしました。田舎の人々は私を珍しがり、深い雪の中をわざわざ用事を見つけて、吉井家にいる私を見にやって来ました。しかし、そんなふうにして晒者《さらしもの》になることも、私は大していやではありませんでした。私はそういう形の素朴な好意の示され方に馴れていましたから。私たちはその帰りに、能登半島の先の輪島へ廻りました。私は、鵜飼と同時に、海士の調査もしようとしていたのです。

私たちは紹介してくれる人があって、初め輪島の塗師《ぬし》（輪島塗の）の人の家に行き、そこから、海士町の人にわたりをつけてもらうことになっていました。

それは、又夢のように荒涼とした町でありました。塗師の家には、良寛の草庵集の中の詩がかけてありました。

千峰凍雲合　万径人跡絶　毎日只面壁　時聞灑窓雪

塗師の御主人が、その意味を訳してくれていましたが、その間にも本当に時々、乾いた雪が窓にさらさらと灑《そそ》ぐのが聞こえました。千峰こそはありませんが、凍雲合《とううんがっ》し、万径、人跡絶す冬は身にしみました。

しかし私が嬉しかったのは、この時、幸運にも、冬の荒海で、浪《なみ》の花を見られたことです。私は百合香が食塩のことを浪の花というのを聞いた時、日本人は何という詩的な表現をするものかと思いましたが、人間の姿も見えぬ荒い海岸では、深い岩の凹みに落ちこみ躍り上がって渦巻く波頭の上に、白い泡が立ち、それが強風に吹きとばされてふわりふわりと花のように舞うのです。それが浪の花でした。それらが無数の岩の上に吹きつけると、百合香はシャボン玉を追いかけて遊ぶ子供のように声をあげて浪の花を捕えようとするのでした。

浪の花はなかなか見られないのだそうです。それを写真に撮りに来て、一週間も待ってついに諦めて帰ったというカメラマンもいたそうです。私は浪の花を地面からすくって食べてみました。甘い辛さでした。そして地上に落ちた浪の花が、空中を飛んでいる時ほど、純白でなく、むしろ薄汚れているのをいとしく思いました。

3

百合香が、体の変調を訴え出したのは、その年の夏、私が三浦半島の南下浦町《みなみしたうら》毘沙門《びしゃもん》海岸の海士の生活調査をして帰って間もなくです。百合香は頭痛を訴え、時々目眩《めまい》がすると言うのでした。

もともと血圧の低い方で、風邪もひきやすいたちなのです。立ちくらみと夏風邪だと言い張って医者にも行かないのを、私もそのままにしておいたのです。暑さもひどい頃でしたから、いっそのこと私と一緒に海辺へ来て、泳いだ方がいいのではないかと薦めたのですが、彼女は人混みも海も嫌いだから、と言って、閑《ひま》さえあれば横になっていました。

里紗だけが、私と一緒に行きたがりました。小学校二年生の夏休みですから、私も本当は里紗だけでも連れて行きたかったのですが、百合香が来ないのに、里紗だけを同行することは憚られました。笑い話ですが、いつか私は幼児誘拐の疑いで、警察に調べられたことがあったのです。里紗がいくらダディと呼んでも、顔貌《かおかたち》をみれば、私は彼女の父ではあり得ません。誰かが怪んで警察に連絡したのでしょう。私は交番に呼ばれ、尋問を受けたことがあるのです。

百合香をひとりで残すのも心配だったので、私は里紗にママの看病を頼んで旅に出ました。福島県を歩くのが目的だったのです。

平市を中心に四ツ倉と豊間の採鮑組合を訪ね、私自身も、ハワイでスキンダイビングを少し覚えたものですから、ここでは道具を揃えて彼らの働きを海の中で見せてもらいました。ここでは組合役員の指図に従って、磯場を選ぶのも、入る頃合いを決めるのも万事命令通りに動くのでした。

私はそこから勿来《なこそ》へ来ました。その時、東京へ出ていた百合香の父から、百合香の病気がかなり重いものだという電話を受けたのです。

「検査の結果、脳腫瘍だというんですよ。わかりますか。脳の中のおデキですよ」

ハイ、ハイ、と私は言いました。

「一刻も早く手術をした方がいいらしい。只ありがたいことに、恐らく良性のものだろう、と言うんですよ。レントゲンで多少、そういう予測がつくんだそうです」

私はそのまま、汽車にとび乗りました。父がたまたま業界の会議に出席するために上京して、ひどい嘔吐と頭痛に倒れていた百合香を病院へ連れて行ってくれなかったらどうなっていたでしょう。

百合香は、検査のあとを痛がってはいましたが、受け答えははっきりしていました。只長い黒髪（彼女はパーマネントもかけていませんでした）を切られるのがいやで、それだけは、私の帰るまで待ってもらった、と言っていました。

翌々日、理髪師が来て髪を切る時、百合香はそれを束ねてもらって私に渡しました。

「ヘヤーピースに作るといいよ。自分の髪で作ったヘヤーピースならちっとも不自然でないから」

私も百合香も、偽物が嫌い、という点で一致していました。百合香は反対も賛成もせずに笑っていました。

私はあの前後のことを、今では正確に覚えていません。時間の観念もなくなっていましたから。手術後の、二、三日間、百合香の意識が戻らないのも、当然だと考えながら、係の医者が、腫瘍のできていた場所が悪かったので、取るのに少し無理をしました、と言った時、その言葉の意味もよくわかりませんでした。

医者と看護婦は入れかわり立ちかわり来て百合香の名前を呼んだり体を抓《つね》ったりしました。それでも、彼女は目を覚さなかったのです。

しかし一週間目に、彼女は突然目を開いてあたりを見廻しました。

私たちは狂喜しました。しかし彼女は目を開けましたが、私たちの誰にも反応を示さないのです。只、音のする方へ目を向け、時々欠伸《あくび》をしました。しかし、口の中に物を入れても嚙みもしませんでしたし、言葉らしい声は全くたてませんでした。

百合香の腫瘍は頸動脈の傍にできていたというのです。良性のものなのだけれど、完全に取り去ることはむずかしい所だし、残しておけば、又腫瘍は大きくなる。今のところ、かなりきれいに腫瘍はとれた筈だけれど、後遺症がこうして残ることもあるのだ、と私たちは説明を受けました。

予後を聞くのは辛いことでした。予想外のよい結果も生まれることがあるから、と医者は前置きしましたが、こういう意識の戻らないままの状態が長く続けば、恢復の希望は刻々なくなるというのです。只、植物のように手入れをよくしさえすれば、何年でも生きる可能性はある。

それを聞いた時、私は嬉しかったのです。百合香の父母と私は、それまでにも、長期戦に備えるためにはどうしたらいいか、を話し合っていました。里紗は、福井のお祖父《じい》ちゃん、お祖母ちゃんの家へ預けることは致し方のないように思われました。二人もそうしたがっていましたし、私が男手一つで、里紗を育てるのも不自然でしょう。

両親は、私が百合香の治療費を出すことを心配してくれましたが、私はできるだけ自分でやりたい、と言い張りました。なぜなら、百合香は私の妻なのです。私の養女になっている里紗の生活費を、祖父母にみさせることだって、本来なら私は理屈にはずれていると感じていたのです。

私は研究一本やりの恵まれた生活を捨てて働こうと思いました。広尾の家は古い割りに、広いというだけで、高い家賃を払わなければいけませんでしたので、私は初めからひき払うつもりでした。私は病院から歩いて五分くらいの所に、六畳一間に台所のついた民間アパートを借りたのです。私は自分で料理もできますし、日本へ来てからも、漁村や山奥ばかり歩いていたので、この国風の食べ物にも馴れていました。銭湯も平気です。

私のたった一つの心残りは里紗と別れることでした。私は福井の義父母が里紗を連れて引きあげる前の晩、そのことを思って眠れませんでした。里紗が、いやがって泣いてくれるといいと思ったのですが、母親に似て淡々とした子は、自分に与えられた運命を素直に受け入れて行かねばならないと思い定めているようでした。

私は友人に頼んで、何か所かの英語教師の職を見つけました。昼はそこへ行って三、四時間ずつ英語のイロハを教え、終わるとアパートへ寄って、考えられる限りの必要なものを持って、病院へ行きました。

人々は私の姿を奇異に思ったか、哀れと感じたか、私にはわかりません。その頃私は買物籠を下げ、セーターを着て、夕映えの町を、決まった時間に通るのですから見覚えてしまった人も多かったでしょう。

しかし、私には、本当は何もすることはないのでした。百合香は、自分で何もできず、何の意思表示もないですから。彼女は軽い蒲団とシーツの下に裸で寝させられているのです。お腹や胸を覆うタオルだけで、あとは小水さえも管でとられ、喉には気管支切開をした跡がそのまま乳首のように残っています。食事も、どろどろした糊のような栄養食を、管で注入するだけです。

私はいつも、隣のベッドの人に挨拶し、境のカーテンを引いて見えないようにしてやってから、百合香の体を覆ったタオルを取り換えるのでした。すると瘦せてもなお、最後まで、女の執念を宿したような豊かな乳房がこぼれました。髪は囚人のように丸坊主に刈られたままです。私はたまらなくなって、その頭を抱き、乳房に頰ずりすることもありました。そして今日は、もしかしたら、という儚ない希望に燃えながら、百合香の名前を呼びました。すると百合香は、はっきりと私の顔を見つめるのです。他人のように。私は微笑して、何か二言三言話してやります。時には、先生たちの真似をして、抓ってやることもありました。百合香が痛そうな顔をするのが、嬉しいのです。しかし、すぐその後で後悔しました。私はどうして、こんな優しい妻に痛い思いなどさせたのでしょう。

私は一日として、妻の訪問を休みませんでした。蓐瘡《じょくそう》ができないように、閑さえあれば手足をさすって血の循環をよくするように努めました。私は時々、百合香の体に激しい欲望を覚え、医者がそれを許してくれさえすれば、百合香の意識は或いは立ち戻って来るのではないかとさえ思ったのです。ですからその年の暮れと、翌春と、二回、福井の父から、離婚してくれ、という申し出があった時、私は一も二もなく断わりました。私にとって、百合香の存在は生き甲斐なのです。私たちは過去にもしあわせでしたが、今もなお、別の形でしあわせなのです。私は鵜のカタリアイを思い出していました。一方の鵜が倒れたからと言って、片方の鵜がその絆《きずな》から離れれば元気になるというものではないのです。

百合香の腫瘍は、殆ど完全にとれていることがその後、何回かの検査でわかりました。やはりこれは後遺症なのです。

梅雨が来ました。あらゆる物が恐ろしいばかりに湿り、私は部屋の中で独言を呟きながら、灰色の現在と未来に包まれていました。

夏、私は気をとりなおして一週間ほど、初めての休みを、百合香にもらって、福井へ里紗を訪ねました。里紗は福井の方言がうまくなり見違えるように大きくなっていました。が、私にはあまりなつきませんでした。羞《はずか》しがるというより、関心がなくなっているのです。私は彼女が、新しい環境の中で、自分自身の世界を築いていることを喜ばない訳にはいきませんでしたが、やはり寂しさは隠せなかったのです。

秋が来ました。そして再び冬が。その冬はどうしたことか、雨が多かった。氷雨のような冷たい雨が、一週間近くも降りました。

私のアパートは寒かったのです。隙間風が吹き込む北向きでした。狭い部屋には、データだけ集めた私の研究が、そのまま散らかっていました。百合香が倒れてから、私は一行もタイプを打つ気力がなくなっていたのです。間もなく私は悪性の流行性感冒にかかりましたが、一週間、誰にも知らせず、知られず、一人でどうにかなおしました。

或る日、私は大声で泣いたのです。外はやはり雨でした。時間が停ったように感じられ、突如として、私は、あの坊主頭の百合香は、もはや百合香ではなくて、本当の彼女を食い殺した化け物のような気がしたのです。百合香が一生起きられない病人でもいい、盲目でもいい、二目と見られぬ火傷を負ったのでもいい、私と話さえしてくれれば、私は、それで楽しい。けれど、私は一人でした。本当に一人っきりなのより、生身の百合香がいながら心の通い合いは断たれている、ということの方がもっと苦しかった。そして百合香が生きている限り、その思い出と、百合香自身への執着のために、私は却って一人でいなければならないのです。

しかし、私は更にもう一年、そのまま暮らしました。百合香の抜殻のような肉体に惹かれて、私は病院へ通い続けました。百合香は奇蹟のように少しも、年をとらないように見えました。犬の目ほどにも表情のない目差で、いつもじっと、私を見つめました。乳房も弾力を失ってはいきましたが、まだ胸許にたった一つ残された思い出のよすがのように輝いていました。その次の冬です。

私は遂に、百合香を捨てたのです。福井の義父母は寛大な人で、私を少しも責めようとはしませんでした。私が百合香に尽したのはたった二年半です。私は自分を冷酷だと思いましたが、義父母は感謝してくれました。百合香は何とかして福井へ連れて帰り、一家水入らずで生きる限り寿命を延ばしてやりたい、と言うのです。私は、返す言葉もありませんでした。

私こそこの善良な人々にとって悪夢だったのかも知れないのです。私はそれまで大切に持っていた百合香の髪を義母に返しました。私はそれを捨てたかったのではない。私は只それを持っている資格を失ったような気がしたのです。

曇って冷たい冬の東京を立って、私は十日間もかからず、ハワイに着きました。大学で次の仕事を恩師に頼むということがなかったら、私は、この土地へ来るのを避けたろうと思います。私はしかし胸中、血まみれになりそうな思いで、着のみ着のまま、眩しくて目もあけていにくい、太陽の町を歩き廻りました。どの町角にも、百合香の姿が灼《や》きついていました。そして夕方になると、人々は五年前と同じように美しい蛾になって海風の町をさまよっているのです。

私はそこに二日いて、すぐロサンゼルス行きの飛行機に乗りました。母たちは、明るいウィルシャー大通りの、マッカーサー公園のすぐ傍にある高級アパートの十五階に住んでいました。

そこは私にとって初めての家でした。手紙で知らせてあったので、母が入り口のドアをあけてくれました。私たちは抱き合い、それからお互いに眼を見つめ合いました。家には見覚えがなくても、家具は懐かしいものでした。ソファは新しくなっていましたが、ここにも母の好きなタイ絹のクッションが使われていました。義父の揺り椅子もありました。それは丁度お茶の時刻でした。

「お茶を飲むでしょう。お菓子を焼いたところなの」

母は、それ以上何も言いませんでした。私は見覚えのある、紅茶茶碗のおかれたテーブルに坐りました。お菓子は母の焼いたレヤー・ケーキでした。そしてその味は、私の子供の時のままだった！

聞き馴れた言葉、嗅ぎ馴れた町の匂い、見馴れた家のたたずまいが、まるで凍結していたような私の心を少しずつ融かすように感じられました。百合香と知り合ってからの、足かけ五年の年月は、きれいに消しとんだのです。私の一生のうち、五年分は、切り取られて跡形もなくなったのです。

私は、今こそ、母の予言した悪夢の意味がわかりました。愛さなかったから悪夢ではなく、私は彼女を愛したからこそ悪夢だったのです。

日一日と、私は彼女のことを思わなくなりました。すべてが遠く淡くなりました。そして今では、黒髪の長いハープを弾く百合香も、坊主のように髪を剃られた裸の植物的な百合香も、共に鵜飼の漁火《いさりび》のように消えかけています。

私はこの世ならぬほど強く、色彩に富み、しかも苦しかった五年の歳月を、夢幻《ゆめまぼろし》のように捨て去るつもりです。しかもなお私は善人でも悪人でもない。違いますか。

初出一覧

鬼瓦――――――――――――「知性」一九五五年九月号
六月の真相―――――――――「週刊サンケイ」一九五八年六月二十九日号
編隊をくんだヘリコプター――「群像」一九五八年十月号
ショウリ君の冒険―――――「週刊新潮」一九五七年九月十六日号
ふらふうぷ・えれじい――――「週刊新潮」一九五九年一月二十六日号
変身―――――――――――――「潮」一九六四年十一月号
方舟の女―――――――――――「週刊サンケイ」一九六五年八月三十日号
二人の妻を持つ男―――――――「小説新潮」一九六六年十一月号
或る詐欺師の敗北――――――「小説新潮」一九六九年十一月号
夢幻《ゆめまぼろし》―――――――――――「潮」一九六九年五月号　臨時増刊

＊作品中、今日の人権意識に照らして不適切と思われる語句や表現がありますが、作品執筆時の時代背景を考慮し、原文のままとしました。

曾野綾子（その　あやこ）
一九三一年、東京生まれ。聖心女子大学文学部英文科卒業。七九年、ローマ教皇庁よりヴァチカン有功十字勲章受章。八七年、『湖水誕生』で土木学会著作賞受賞。九三年、恩賜賞・日本芸術院賞受賞。九五年、日本放送協会放送文化賞受賞。九七年、海外邦人宣教者活動援助後援会代表として吉川英治文化賞ならびに読売国際協力賞受賞。二〇〇三年、文化功労者となる。一九九五年から二〇〇五年まで日本財団会長を務める。二〇一二年、菊池寛賞受賞。著書に『無名碑』『神の汚れた手』『天上の青』『哀歌』『アバノの再会』『老いの才覚』『人生の収穫』『人生の原則』『酔狂に生きる』『生身の人間』『不運を幸運に変える力』『靖国で会う、ということ』『夫の後始末』『人生の後片づけ』『介護の流儀』『人生の終わり方も自分流』『「群れない」生き方』『人間の道理』『老いの道楽』『未完の美学』『人生の決算書』等多数。

夢《ゆめ》　幻《まぼろし》

二〇二三年一〇月二〇日　初版印刷
二〇二三年一〇月三〇日　初版発行

著　者　曾野綾子
装　幀　鈴木成一デザイン室
発行者　小野寺優
発行所　株式会社河出書房新社
〒一五一-〇〇五一
東京都渋谷区千駄ヶ谷二-三二-二
電話　〇三-三四〇四-一二〇一（営業）
　　　〇三-三四〇四-八六一一（編集）
https://www.kawade.co.jp/

印刷　中央精版印刷株式会社
製本　大口製本印刷株式会社

Printed in Japan　ISBN978-4-309-03145-3

河出書房新社・曾野綾子の本

介護の流儀
人生の大仕事をやりきるために

六十年間、共に暮らした夫・三浦朱門を看取って二年。義父母、実母、夫、家族四人を見送った今、思うこと。介護を楽にする知恵と考え方。

人生の終わり方も自分流

老後の暮らしは十人十色。百人百通りなのだ。他人と比べず、存分に人生を謳歌すればいい。孤独は自由であり、老後こそ冒険できる時間。常識にとらわれない独創的な老いの美学！

河出書房新社・曾野綾子の本

「群れない」生き方

ひとり暮らし、私のルール

生涯、魂の自由人であれ！　孤独の中にこそ、人生の輝きがある。最期まで群れずに生き抜く、世間にとらわれない新たな老いの愉しみ！

人間の道理

人間は生涯、自立心を失ってはならない——。今こそ原点に立ち返り、一日一日、自分の足許を信じて人生を歩む時！　コロナ後の生き方を模索するすべての人々への力強きメッセージ！